目次

イラストレーション／兼守美行《かねもりみゆき》

アラビアン・プロポーズ

～獅子王の花嫁～

◆ Ⅰ ◆

さらりとした洗い立てのコットンのシーツの上を、波紋のように皺《しわ》が艶《なま》めかしく動いた。

人魚の尾ひれはやがて人間の足となり、人と肌を重ね合わす手段ともなる。四本の足がぱたぱたと白いシーツの上を泳いだ。

「慧《けい》、そろそろ起きないと人目につくが、いいのか？」

男の唇が慧の滑らかな肩甲骨に落とされる。

「ああ、もうそんな時間か……」

素肌に上掛けを纏《まと》うだけの姿を晒《さら》し、須賀崎《すがさき》慧は上半身を起き上がらせた。

「おはよう、慧。朝から相変わらずの美貌《びぼう》だな」

男も起き上がり、今度は慧の頬《ほお》にキスをした。

「おはよう、ウォーレン。君も朝から相変わらずキス魔だな」

朝日に輝く慧の白い肌は、まるで真珠のようだ。さらさらとした黒髪は襟足を隠すほどに伸び、そこから覗《のぞ》く細いうなじが何とも言えない色気を醸《かも》し出《だ》している。

更にくっきりとした二重《ふたえ》に、大きなアーモンド型をした瞳《ひとみ》には力強い意志が宿り、彼が美しいだけの人物ではないことが充分に伝わってきた。

「キスは愛《いと》しさを態度で示す一番の行為さ」

そう言いながら、友人であり、セックスフレンドでもあるウォーレンが、慧の肌に浮かんだ紅《あか》い花弁のような痣《あざ》を、目を細めて眺める。慧はその視線に気づかぬふりをして裸体を惜しげもなく晒し、さっさと制服を着始めた。するとウォーレンが口を開いた。

「ヴィザール校の優等生。麗《うるわ》しき寮長、エドワード寮一の美姫《びき》と謳《うた》われているお前が、男のベッドで眠り、朝帰りしているなんて他の寮生が知ったら、ひっくり返るだろうな」

「ふふ、君の口が堅くて感謝しているよ」

慧は屈《かが》んで、未《ま》だベッドにいるウォーレンの頬にキスを落とした。

「俺はセックスフレンドとしては最高だろう？　慧」

「恋人だとしたら最低だけどな、お互いに。だがこの学校でトップレベルの成績を維持するためには、恋愛は面倒で足手纏《あしでまと》いだ。セックスは欲望の処理で充分」

「慧、君に夢を見ている下級生に、君の本音を聞かせてやりたいよ。前年度もかなり告白されていたじゃないか」

「夢を見させたまま、丁重にお断り申し上げたよ」

「フィリッパは国民から愛され慕われていた。まるで君のようだな」

フィリッパとは、十四世紀、イギリスのエドワード三世の王妃となった女性で、知性と教養が高く、夫エドワードだけではなく、国民にも愛された美しき賢妃である。

この寮がエドワードという名前であることから、代々寮内で一番の美貌を持つ青年に与えられる称号であるらしい。パブリックスクールらしいネーミングだ。

慧はファルスカラーのシャツのボタンを留《と》めながら、振り返ってウォーレンを軽く睨《にら》むが、彼はそんなことは気にせずに言葉を続ける。

「卒業してもその名は付いて回るし、卒業生にも可愛《かわい》がられる。最高の名誉の一つだよ」

「はぁ……そういうところも日本人としては理解しがたいよ」

慧はがっくりしながら、高学年で成績が優秀な生徒、『監督生』だけに許される金のボタンが付いたグレーのペイズリー柄のベストを着て、黒の燕尾服《えんびふく》のジャケットを手に持った。

「ハウスマスターに見つからないうちに一旦《いったん》、部屋に戻るよ。また授業で」

そのままウォーレンの部屋から出る。朝の六時だ。六時半が起床時間とされる寮生の姿はまだどこにも見えない。慧はひっそりとした廊下を自分の部屋へ向かうべく歩いた。

ここ、ロンドン郊外にあるヴィザール校は、五百年の伝統を誇るイギリス屈指の全寮制男子校である。

十三歳から十八歳の良家の子息が千三百人ほど学んでおり、寮も十六ある。エドワード寮はその一つであり、慧は今期から栄《は》えあるエドワード寮の寮長に任命された。『監督生』に選ばれるのも大変な名誉であるのに、寮長はその『監督生』の中から選出されることもあって、野心ある者なら誰もが望む、まさに栄誉あるエリートコースを歩んでいる。

慧は今期で最終学年、五学年生になる。しかし学年とは別で授業内容は能力制であり、昨年度四学年になると同時に、イギリスの教育制度でいう最上級のクラス、シックスフォームに進んで二年目になっていた。最上級クラスでは大学受験に必要な一般教育修了上級レベル、Aレベル認定の取得準備をするのだ。

ヴィザール校のシックスフォームの生徒はかなり優秀で、ほとんどがオックスフォードかケンブリッジ、またはロンドン大学に進む。時々アメリカの名門、アイビー・リーグの大学に進む者もいた。

一週間ほど前、新学期がいよいよ始まり、世界各国から新入生がやって来た。慧は外交官の父を持つ日本人であるが、父の教育方針と、曾祖父《そうそふ》の時代から代々この学校で学んでいたこともあり、入学した。

「入った時は、五年なんて長いって思っていたけど、いざ過ごしたら早かったな……」

今日は、このエドワード寮に入寮してきた新入生を、最上級クラスに在籍している四、五学年生の監督生に振り分ける日であった。

これをファグ制度といい、新入生に掃除などの雑用をさせる代わりに、マスターである監督生は、自分のファグの学園生活が潤滑に回っていくように指導し、援助していくのだ。この関係は卒業後も続き、強い結びつきとなるので、非常に大切なものとされている。

しかし今年は様子が違った。少しばかり問題が起きたのだ。元凶は、この学校が久々に転入生を受け入れたことに始まる。確かにそれ自体は時々あることだから、仕方ないとしよう。だがその転入生が、慧の寮に入ってきたとなれば話は別だ。

彼の名前はシャディール・ビン・サディアマーハ・ハディル。その名前からわかるようにアラブの出身だ。しかも王子という立場にあり、転入早々、寮のヒエラルキーを脅《おびや》かす存在となっていた。まだ一学年生として入寮してきたのなら、どうにかなったかもしれない。だが彼は三学年に転入し、既に王族らしい風格も伴っていた。一、二学年生の中ではもうファンクラブもできているらしい。

初めは、彼は一学年生ではないし、アラブの王族でもあるのでファグを免除する予定だった。それが彼自身からファグの申し出があったことで、ややこしいことになったのだ。

思い出すだけでも慧の眉間《みけん》に皺が寄ってしまう。彼を寮に相応《ふさわ》しい人間に教育し直すには骨が折れそうだ。面倒ではあるが、だからこそ寮長として自分が彼を導かなければならないのもわかっていた。先日の校長面接の折にも、シャディールのことを宜《よろ》しく頼むと言われているのもある。

それに、実は一年前に彼とは少しだけ面識があった。外交官である父と、デルアン王国の国王の誕生日パーティーに出席した時に、彼とちらりとすれ違ったことがある。そんな過去もあるので、彼を指導するのも何かの縁かもしれないと思っていた。ところが。

『我らが守り育てたエドワード寮の麗しき姫をアラブの王へ生《い》け贄《にえ》に出せというのか！』

いざそれをエドワード寮の監督生だけで構成されるサロンで告げたところ、全員が反対するという思ってもいない事態になった。いつもは慧がすることに対して滅多に何も言わないウォーレンさえも反対したのだ。

『彼は三学年生と言っても、体格はかなりいい。まだ成長期だ。この一年でまだ成長するはずだ。そんな野獣を慧に近づけたら、我々が廃《すた》るというものだ』

『我々の慧を守らずして、何が騎士道精神だ！』

一体、何なんだ、本当に君たちは最上級クラスの頭脳の持ち主か？　と呆《あき》れるような意見であったが、皆が一様に言うので、慧は自分の意見を押し切ることができなかったのだ。結局、副寮長クラウスの意見で、次期寮長と名高い四学年生のシモンに、彼自身の成長のためにもシャディールを任せることになった。ラグビー部で副キャプテンを務める彼ならば、アラブの野獣に押し倒されることはないだろうというのも理由の一つらしい。

なぜ、自分だと彼に押し倒されると、決めつけられるのか。

確かに日本人で欧米人よりも華奢《きゃしゃ》ではあるが、何となく納得がいかない。これでもフェンシングはかなり強く、寮対抗戦では常に上位者だ。

慧は深呼吸をして不快な思いを脳裏《のうり》から追い出そうとした。その時だった。

「寮長、慧」

声がしたほうへ顔を向けると、廊下の柱に凭《もた》れ掛《か》かっていたシャディールが躰《からだ》を起こすのが目に入った。アラブの真っ白な民族衣装を身に纏った彼の金の髪が、窓から差し込む朝陽《あさひ》に反射してきらきらと輝いている。

「浮かない顔をしているな」

などと、浮かない顔をさせている張本人から言われ、慧は顔を顰《しか》めるしかなかった。

彼はアラブの一国、デルアン王国の第六王子であるが、ロシア人の母の血を色濃く受け継ぎ、金の髪、そして海より深い青い瞳を彫りの深い顔に配している。肌こそはロイヤルミルクティーを彷彿《ほうふつ》とさせるような褐色で、アラブの血を受け継いだようだが、なんとも艶《つや》のあるエキゾチックな容姿であった。

色男である彼には、当然学園内外にファンが存在し、色々と私生活は派手なようだ。しかしちゃらちゃらとした感じはまったくせず、どちらかと言うと、その悠然とした態度で、とても二歳下とは思えないオーラがあった。

「シャディール、こんな朝早くから何をしている？　まだ起床時間ではないだろう？」

「少し早く目が覚めてしまったんだ」

彼が一歩近づいてくる。人に命令し慣れている彼の言葉遣いは、下級生としてはどうかと思うが、学校からも彼には一目置くように言われており、不問とされていた。

「慧、お前はこんな早朝からどこへ行っていた？」

意味ありげに彼の口端が上がる。何もかも見透かされているように思えるが、彼の手練《てれん》手管《てくだ》に乗せられるつもりはない。慧は顔色一つ変えることなく嘘《うそ》を吐《つ》いた。

「庭を散歩してきた。早朝の庭は気持ちがいい。一限目の授業までに脳を効率よく機能させるには、いい運動だ」

そのままシャディールの前を通りすぎる。彼と話している時間はあまりなかった。

「ファグの件、今日決定だな」

すれ違う瞬間、彼がぽつりと呟《つぶや》いたせいで、慧は足を止めてしまった。

「慧、お前のファグならやってもいい。アラブの男は人に媚《こ》びることはしないが、お前がマスターなら私はこの膝《ひざ》を折り、命ある限りお前に尽くそう。私をお前のファグに選べ」

一瞬口説かれているような気がして、慧は軽く頭を振った。莫迦《ばか》な思い違いだ。

「シャディール、ファグ制度ではファグマスターが選ぶことになっている。ファグから指名することはできないし、悪いが私は他のファグを選ぶことになっている」

「ファグマスターによるファグの発表は今日の昼だと聞いている」

「ああ、そうだ」

「なら、覆《くつがえ》してやるだけだ」

不穏な言葉に、慧は思わずシャディールを振り返った。優雅な笑みを浮かべながらも、青い瞳は真摯《しんし》な光を映している。しばらく見つめていると彼の纏った空気が変わった。

「私は慧以外の人間に尽くしたり教えを請おうとは思わない。他の人間のファグになるのなら好き勝手にやらせてもらうが、いいか?」

笑みを浮かべてはいるが、これは脅しだ。慧はやんわりとたしなめた。

「下級生が上級生に言う言葉ではないと思うが?」

上級生に注意されたというのに、彼は大して反省する様子はなく、にやりと笑った。

「確かに。だが、私は別にこの学校のやり方に染まろうとは思っていない。たとえそれがスキャンダルになろうともな」

頭を抱えたくなる。『スキャンダル』という言葉が、慧や寮にとって一番嫌なものだとわかっての台詞《せりふ》であろう。

何とも困った人間が入寮してきたものだ。態度は不遜《ふそん》で、上級生を上級生として扱わない。心から我がエドワード寮に入って欲しくなかったと思うが、今更どうしようもない。

「寮での不始末はここの寮生全員の責任となる。スキャンダルだと?　軽はずみな行動はするな。君が国でどれくらい英雄かは知らないが、目に余るようであれば退寮させる」

嫌味を入れて答えると、彼の瞳が楽しそうに輝いた。大方、故国で彼に命令するような人間がそんなにいなかったのだろう。慧の存在が珍しいらしい。

そんなシャディールをきつい瞳で見つめていると、彼が不敵に笑った。

「慧が私のファグマスターになるならば、誰もが称賛するような優等生を、お前のために演じてもいい。私は尽くす男だぞ？」

「何が私のためだ、尽くす男だ？　別に尽くされなくてもいい。それに演じる？　フン、よく言う。誰もが称賛するような優等生など簡単に演じることはできない。本当に心から紳士にならなければ、下級生は騙《だま》せても、監督生にはすぐにばれてしまう。あまり監督生を甘く見ないほうがいいぞ、シャディール」

冷ややかな視線を彼に送る。しかしそんなことで怯《ひる》む男ではなかった。

「じゃあ、それもお前次第だ。慧、私を調教してくれ」

「……言葉を選べ」

顔を顰めると、シャディールが年相応の屈託のない笑みを見せた。

「ははっ……そろそろ朝の支度《したく》を始めないといけないな。我々下級生にとって、美しき寮長の姿を朝食時に拝見できるのは、学園生活の癒《い》やしだ。その後ろの髪が少し跳ねているのも、私にとってはとても可愛いが、他の寮生に見せるのは少しいただけないな」

慌てて後ろの髪に手を添える。柔らかい毛先が当たるところから、シャディールの言う通り髪が跳ねているのだろう。だが、そうやって髪の毛に気を取られているうちに、シャディールの手が慧の腰に回った。抱きとめられ、距離を詰められる。

「シャディール……」

距離が近いと抗議しようとした途端、今までの尊大な態度から一変し、騎士が姫に傅《かしず》くが如《ごと》く慧の前で膝を折った。手を摑《つか》まれ、その甲に唇を落とされる。

「堅固な城に囚《とら》われた哀れな騎士に、どうか慈悲を……」

キスをされたところから、ジュッと音を立てて熱が生まれたような気がした。思わず手を引っ込める。こんな熱、セックスフレンドのウォーレンにさえ感じたことがなかった。

「私は姫でも何でもない」

動揺したことを悟られたくなく、極めて素っ気なく言うと、すんなりと手を離される。どうしたのかと彼の顔を見下ろすと、シャディールが双眸《そうぼう》を細め、とても切なげに見つめてきた。慧の心が本能的に何かを感じてざわめく。

何？

何か彼に問おうとしても、適切な言葉がどうしても口から出てこない。こんな状態は初めて経験するものだ。だが、その時だった。

「殿下」

二人の間に声が響いた。一瞬で我に返る。振り向けば、シャディールが本国から連れてきた従者のオルゲが、こちらに向かって急いで歩いてきていた。

オルゲは礼儀正しい少年で、今も慧の存在に気づき、一礼をした。

「殿下、部屋にいらっしゃらないので、探しました。制服にお着替え下さい」

その声にシャディールの瞳が再び慧へと向けられた。

「残念だ。時間切れだな」

シャディールは意味ありげに笑みを浮かべ、どちらが上級生かわからない様子で颯爽《さっそう》と去って行った。慧は自分の肩に力が入っていたことに気づいた。

彼の持つオーラは王族特有のもので、他人を簡単には寄せ付けない。それゆえに上級生の中には彼の扱いに困っている者がいるのも知っている。さすがに監督生は割り切って彼と接しているが、それでもまだ彼が寮に馴染《なじ》むには時間が掛かるだろう。

やはり私が彼のマスターになるしかないのか……。

彼の言葉を信じるなら、慧がファグマスターになれば、優等生でいてくれるらしい。

「はぁ……、この一年、何もないことを祈るばかりだな……」

慧は小さく溜め息《たいき》を吐くと、自分の部屋へと向かった。

＊＊＊

本当は相部屋であるところを、特別に与えられた個室にシャディールが戻ると、後ろからついてきた従者のオルゲが、すぐに紅茶の用意をし始めた。

カウチに座り、数社の経済新聞に目を通す。ヴィザール校では自室でのスマートフォン関連の電子機器の使用は禁じられているので、こうやってアナログの新聞を読むしかない。

短時間で手際よく淹《い》れられた紅茶がテーブルの上に置かれる。シャディールが新聞を読みながらティーカップに口をつけると、オルゲはシャディールの髪を整え始めた。朝の支度は従者の仕事の一つである。だが今日は珍しく何か言いたげに、シャディールを見つめてきた。大体、彼の言いたいことはわかっているが、気づかぬふりをして声を掛けた。

「何だ？」

シャディールの声にオルゲが目を伏せる。だがすぐに意を決したように前を向いた。

「あの、殿下は本当にファグなどという役目に就くおつもりなんですか？」

予想通りの質問だった。オルゲは乳兄弟ということもあり、従者といえども小言が多い。

「ああ、最初から慧のファグを狙《ねら》ってここへ来たんだ。今更何を言う？」

紅茶を飲み終え立ちあがると、オルゲが制服を持ってきて、着慣れた民族衣装から堅苦しい制服へと着替える手伝いをし始めた。

「しかし、デルアン王家の正統な血筋をお持ちの殿下が、ファグをやるなどと、前代未聞です。この学校の校長も必要ないと仰《おっしゃ》ったじゃありませんか。それを優等生である寮長の下でファグをして、紳士たるものを学びたいなどとお申し出になって……」

実はシャディールが転入するにあたり、校長もファグの免除を申し出てくれた。確かに学年も三学年生である。免除されてもシャディールの出自を知れば、文句を言う生徒もいないだろう。

だが、それこそ本末転倒であった。シャディールは慧のファグになるために、わざわざスイスの寄宿舎学校から転校してきたのだ。ここでファグの免除などされては困る。

約一年前。デルアン王国の国王である父の誕生日パーティーで、シャディールは運命の出会いを果たした。視界の端で、見慣れているはずの黒髪が、なぜかあの時だけは輝いて見えた。自然とその輝きを目で追うと、一人の日本人の青年、慧がいたのだ。

どうしてか、目が離せなかった。今までそんな経験は一度たりともない。だが、彼の姿を見た途端、心臓を撃ち抜かれたような衝撃がシャディールに走った。

精霊ジンの眷属《けんぞく》がもしいるとするならば、きっと彼みたいな人間のことを指すのだろう。

あの時はまんまと逃げられてしまったが、その後、青年の素性をすぐに調べさせた。そして前年までデルアン王国の日本大使だった男の次男であることがわかった。

普段は長男を連れて来ていたらしいが、去年は長男がインフルエンザに罹《かか》り、急きょ次男である慧が学校の夏期休暇であったこともあり、一緒に来ていたらしい。

どうりで初めて見る顔だ。毎年来ていたなら、慧ほどの美形を見落とすはずがない。

彼はイギリスの名門校の四学年生ということで、シャディールより二歳年上だった。だがアジア人らしく実年齢より若く見え、とても年上には思えなかった。

二歳年上の四学年生。学校は五年制であるから、もし転入すれば一年だけでも彼と寝食を共にすることができる。一計を講じるには今しかなかった。

ちょうど義兄弟と一緒のスイスの学校にも飽き飽きしていたところだった。金髪で青い瞳を持ったシャディールは他の王子とは見た目が異質で、別に虐められているわけではないが、どこか疎外感がある。気にしてはいないが、それを逆手にとって父に転校したいと言えば、すんなりとイギリスの名門校に滑り込ませてくれるだろう。

あとはファグ制度を利用して、慧に最も近い場所を手に入れるだけだ。彼の世話をするように思わせて、一年掛けて彼を支配し、愛《め》でてぐずぐずに溶かしてやりたい。

自分なしでいられないようにし、ハレムに閉じ込める。自分の庭だけに咲く薔薇《ばら》を手に入れるのだ。思うだけでも、躰が痺《しび》れるほど悦《よろこ》びを覚えた。

幸い、慧は学校でも随一の優等生で名高い。そんな彼の許《もと》で学びたいと請うことに不思議はない。それに万が一、断られそうになっても、校長が全面的に協力してくれるだろう。慧も校長からの申し出となれば、シャディールをファグにせざるを得ない。

シャディールは慧のファグになれなかった場合のことも考えて、保険として事前に校長に声を掛け、念には念を入れておいたのだ。どうしても上手《うま》くいかなかったら、校長から慧に圧力を掛けてもらうつもりだ。

「国王陛下がお聞きになったら、嘆かれますよ。一体、殿下は何をお考えなのか」

オルゲは口を動かしながらも、シャディールのファルスカラーの白シャツの上から、一学年生から三学年生の印にもなる黒のベストを着せる。

「いくら慧様相手とはいえ、酔狂が過ぎると思いますが？」

「チェスの駒《こま》の次の手を考えるより面白いさ」

シャディールはそう答えると、最後の仕上げに黒の燕尾服のジャケットを羽織った。姿見にはヴィザール校の制服を着たシャディールが映る。

三学年生であるシャディールには、白のファルスカラーのシャツに黒の燕尾服、黒ボタンの黒のベスト、そして黒地にピンストライプのトラウザーズという装《よそお》いが決められている。白いシャツ以外は全身黒のコーディネートだ。しかしそれがシャディールの金の髪に映え、とても華やかになった。

「さて、今日の昼は慧をどう攻めようかな」

ゲームを攻略するような高揚感が胸に湧《わ》き起《お》こるのを否めない。

シャディールは小さく笑みを零《こぼ》したのだった。

＊＊＊

午前中の授業も終わり、慧は昼食を済ませ、寮のサロンでお茶をしていた。

もうすぐここにエドワード寮に入った十二人の新入生と転入生のシャディールがやって来る。慧は自然と寄ってしまう眉間の皺を指で押さえた。

慧にはこの学校に入学した当初から野望があった。このヴィザール校の十六ある寮の寮長の中から決める真のトップ、総長、キングになることだ。

寮長になるのも名誉なことであるのに、総長ともなると、卒業後、政財界でも顔が利くコネクションを得ることができる。このヴィザール校での最たるエリートコースだ。そのため慧は血の滲《にじ》むような努力をして、四学年になると同時に最上級クラスに進み、そのまま監督生になり、そして五学年になった今、寮長までのし上がった。キングの座まであともう一歩だ。

なのに――――。

シャディールが慧の寮に入ってきた。これは本当に頭の痛い問題だった。

キングになるには、その人物が寮長として優秀かどうかがポイントとなる。寮内で苛《いじ》めがないか、諍《いさか》いが起きた時の対処は万全か等、上に立つ者として資質が問われるのだ。ここでシャディールに自分勝手に振る舞われたら評価が下がり、すべては水の泡だった。

きっと彼があんな脅しを掛けたのも、この慧の野望に勘付いているからだろう。

どこまでも食えない男だ。末恐ろしい。しかし、本当に自分のファグにすれば問題を起こさないだろうか――。

できることなら穏便にすますためにも彼の首に縄を付けておきたい。

校長もシャディールの学校生活については気に掛けていたし、父に相談しようものなら、デルアン王国の王子に気に入られるよう努力しろと言いそうだ。

「はぁ……」

人知れず溜め息が出てしまう。するとサロンの片隅でガタンと音がした。視線を向けると、監督生の一人が、本を床に落としたようだ。

「大丈夫か？」

「あ、ああ……ああ、大丈夫だ」

何やら顔を赤くして、あたふたと本を拾っている。ふとついでにサロンにいた他の監督生に目を遣《や》ると、全員が一斉に慧から視線を外した。わざとらしいにもほどがある。我慢できずに声を掛けた。

「君たち、何か言いたいことがあるのなら言ってくれないか？　何かおかしいぞ」

するとと皆が頬を染めて、お互いを肘《ひじ》で突《つ》き合《あ》う。一体、何なんだろうと思っていると、プッという吹き出し笑いが聞こえてきた。ついさっきサロンに顔を出したウォーレンだ。

「君が色っぽい顔をして、溜め息を吐いているから、皆が見惚《みと》れていたんだよ。慧、そんなに悩ましい顔をするほどの心配事があるのか？」

「……別にない」

シャディールのことで悩んでいるという事実も、彼に既に翻弄《ほんろう》されている気がして少し腹立たしいので、あまり言いたくない。

「まあ、フィリッパをお守りするのが、我々、エドワード寮の監督生の使命だ。何かあったら言ってくれ。全員でどうにかする」

「言葉だけありがたく受け取っておくよ。それといちいちフィリッパと言わないでくれ」

慧自身は自分の容姿にあまり興味がないのもあって、アジア人特有の華奢であることは認めているが、美人だとは思っていない。せいぜい『そこそこ』だ。

「エドワード寮はフィリッパでもつ、と言われているんだ。慧がこの寮にいる限り、言われ続けるよ。諦《あきら》めろ」

「ああ、もう何年も言われ続けているから諦めてはいるんだが、思春期なんでね。つい言い返したくなる年頃なんだ」

慧は大きく息を吐いて、気持ちを切り替えた。するとサロンにノックが響いた。

「新入生が来たようだな」

ウォーレンがそう言って、ドアを開けに行った。


新入生が揃《そろ》ったところで、ファグの認定式が行われる。事前に監督生同士で調整していたのもあり、スムーズにファグマスターとのペアが決まっていった。そしてとうとう問題のシャディールの番が来る。

金の髪にエキゾチックな肌の色。そして鋭い蒼《あお》の双眸に、下級生らしからぬオーラが滲み出ていた。シャディールのファグマスターになる予定のシモンの背筋が、ピシッと真《ま》っ直《す》ぐに伸びたのが慧の視界の隅に入る。

――魔が差したのだと思う。

一瞬、校長の覚えがよくなるかもしれないとか、キングの座を狙うのなら、シャディールのことくらい手中に収めないといけないとか、そんな考えが頭を過《よぎ》ったのがいけなかったのかもしれない。慧は誰もが予想しなかっただろうことを口にした。

「シャディール・ビン・サディアアマーハ・ハディルを私のファグにする」

そう言った途端、シャディールの口端が僅《わず》かに持ち上がるのが目に入り、すぐさま後悔の念が生まれたが、もう遅い。

「なんだって！」

サロンが騒然とする。そこにいた監督生たちから声にならない悲鳴が漏れた。

「え？　シャディールは僕のファグじゃ……」

隣に立っていたシモンも、驚いた顔で慧を見つめてきた。

「慧！　それは『なし』になったんじゃないのか？」

「あああ……そんな……」

どうしてか絨毯《じゅうたん》の上に頽《くずお》れる監督生すらいる。一体どういうことだ。

「シャディールはシモンが受け持つんじゃなかったんですか？」

悲壮な顔をして監督生の一人が訴えてくる。

「ああ、そのつもりだったが、彼は思った以上に根性が曲がっていた」

慧はサロンの隅で立っているシャディールに視線を遣ると、朝の民族衣装とは違い、制服の燕尾服に身を包んだ彼が肩を竦《すく》めた。

「心外だな、慧。まあ、多少の誤解があるようだから、これから一年間、私のことをゆっくりと知る、いい機会を得たと思えばいい」

「ほら、この通りだ。これは少々矯正しないと、我がエドワード寮が恥をかく。寮長として、責任をもって彼をここに相応《ふさわ》しい紳士にするつもりだ。それが私にできるエドワード寮への恩返しだとも思う」

「考え直せ、慧。君に何かあったら、我々は全員ショックで死ぬぞ」

副寮長のクラウスが走り寄ってきて、慧の燕尾服の襟を摑んだ。

「大袈裟《おおげさ》だな、クラウス。どうして君たちが死なないといけないんだ?」

慧はそう言いながら、自分の襟を摑んでいるクラウスの手をやんわりと解《ほど》いた。

「あれから色々考えたんだが、四学年生のシモンは優秀な生徒であり、次期寮長候補の一人だ。やはりそんな彼にはきちんとしたファグマスターを経験してもらいたい。シャディール相手では変則的過ぎるだろう」

「だけど、な……」

クラウスの顔に『慧の貞操が危ない』としっかり書かれているように見える。新入生がいる手前、そういう下品な会話を控えているのだろうが、彼と寝る気はさらさらないので、クラウスの心配は杞憂《きゆう》に終わるだけだ。

大体、そういった行為は同じ寮の監督生でもあるウォーレンで間に合っている。

ウォーレンとは悪友でもあり、気心も知れている。お互い口は堅く信頼に値する男だ。今まで周囲に気づかれていないのが、いい証拠である。

不純同性行為はご法度《はっと》で、見つかれば厳罰に処される。下手をすれば退寮だ。そんなヘマはしたくないので、リスクを考えてもセックスフレンドは一人で充分だった。

元々、血気盛んな青少年たちが女人禁制の寮生活をしているのだ。多くの生徒がそういう行為を一度ならずしているのは公然の秘密である。勿論《もちろん》品行方正に過ごしている生徒もいる。まじめな副寮長であるクラウスもその一人だ。

「シモンには私がファグマスターをする予定だったカーティスを任せる。いいな」

「わ、わかりました」

シモンがすぐに返事をするも、自分の忠告を無視されたクラウスは眉間に皺を寄せる。そんなクラウスの肩を、慧はポンと叩《たた》いてフォローした。

「大丈夫だ。それに困ったことがあったら、すぐに君に相談する。だから今回は私の意見を通させてくれないか、クラウス」

「はぁ……まったく君は」

クラウスが出来の悪い息子に送るような視線を慧に投げ掛けてくる。息子になった覚えはないが、本当に父親のように心配してくるクラウスに感謝しつつも苦笑した。

「他に異存のある者はいないな？　では、ペアが決まった者は解散だ。新入生はファグマスターの指示を仰げ。それから午後からの授業には間に合うように速やかに行動しろ」

慧の指示に皆が一斉に動く。ざわざわとした中、一人だけ涼しい顔をした男がいた。シャディールだ。大勢の中、それに紛れることなく、圧倒的な個を主張し、慧を鋭い瞳で真っ直ぐ見つめてくる。そんな彼の姿は、まさに猛禽類《もうきんるい》を彷彿とさせた。

慧はその強い視線を真っ向から受け止める。上級生として、そして彼のファグマスターとして、マウントを取られてはならない。皆がサロンから出て行く間、しばらく睨《にら》み合《あ》っていると、意外にもシャディールから視線を外し、そして楽しそうに笑った。

「賢明な判断だ、寮長、慧」

「自分でよく言う」

言い返すと、再びシャディールが見つめてきた。深い蒼色《あおいろ》の瞳に心臓が射られそうだ。

「そうか？　だがこれでお前は世界一従順なファグと安穏な一年を送ることができる」

「君が従順？」

慧はすぐ傍《そば》にあったカウチに座った。するとシャディールが近寄り、目の前で跪《ひざまず》いた。

さすがにぎょっとし、慧は声を上げた。

「シャディール！」

「何をしたらいい？　お前の足ならいくらでも揉《も》んでやれるが？」

慧の動揺をよそに、彼は慧の左足を持ち上げ、トラウザーズの裾《すそ》から手を入れてきた。

「足は揉んでもらわなくてもいい。それよりも君には私の策略の片棒を担いでもらう」

「キングの座か？」

迷いなく、シャディールが上目遣いで尋ねてきた。やはり彼は慧がしたたかにキング、総長の座を狙っていることに気づいていたようだ。慧の口端が僅かに上がる。

「わかっているなら、話は早い」

「慧が次に狙うとしたらそれしかないだろう？　二年後には私も狙うつもりだしな」

「なるほど、だから私のファグを熱望したということか。寮長のファグになれば、いずれは寮長の座に進むことが多いからな。そしてキングは各寮の寮長から選ばれる」

「確かにそうかもしれないが、私の一番の狙いはお前自身だ。傍でお前の隙《すき》を狙うためにファグになった」

「私の隙？　面白いことを言うな。君はファグではなく、私の敵なのか？」

「敵じゃない。これ以上ないというくらい、慧、お前の味方さ。それに狙っているのはお前の失脚ではない。その高潔な魂と魅惑的なお前の躰だ」

シャディールが目の前で立ち上がったかと思うと、今度はカウチに座っている慧の耳元まで躰を屈め、その唇を近づけてきた。だが、

「言葉を慎め、シャディール」

シャディールの唇が慧の耳朶《じだ》に触れる寸前で止まった。そして吐息だけで笑う。

「フッ、嘘は言えない性質《たち》なんだ。お前の躰に興味がないなんていう偽善めいたことは言うつもりはない。そう考えれば私ほど誠実な男はいないだろう？」

「誠実にも種類があるのだと、今、君から教えてもらったよ」

そう言うのと、彼の唇が慧の耳朶を噛《か》んだのは同時だった。

た。

僅かに息を呑《の》む。すると調子に乗ったシャディールが慧の耳朶をしゃぶりながら囁《ささや》いた。

「ウォーレンとの性行為はやめたほうがいい」

どうやらウォーレンとの秘密の関係も彼には筒抜けのようだ。この短期間で、どれだけ自分のことを調べているんだと、シャディールに非難の目を向ける。しかしその非難の視線も気にせず、彼は言葉を続けた。

「寮内でも既に数人はお前たちの関係を把握している輩《やから》がいる。いつ足を引っ張られるかわからないぞ」

「エドワード寮の生徒は家族のようなものだ。結束も固い。知られたとしても構わない」

「他寮に飼われたネズミがいるかもしれないのに？」

「いない」

エドワード寮の生徒は皆、把握している。寮を愛する人間ばかりだ。

「慧、お前にだって他寮に子飼いのネズミが何人かいるじゃないか？」

ネズミ、各寮に放っているスパイのことだ。慧はエドワード寮が他寮より優勢であるために、そしてキングの座を得るのに有益な情報を得るために、各寮の寮生を買収して、その寮の情報を得ている。

「っ……」

買収の仕方は人それぞれだが、大概は自分の寮に不満を持っている生徒だ。だから逆にこのエドワード寮にも、他の寮のスパイがいないとは言い切れないところはある。

何事も『絶対』はないのだ。だが、たとえセックスフレンドのことが発覚しても、ガセだと知らぬ顔を貫き通す自信もある。ウォーレンもそうだろう。秘密の共有者としての彼は信頼に値する友人だ。しかしそんなことまでシャディールに知られているのは不覚だった。この男はやはり一筋縄《ひとすじなわ》ではいかないようだ。

「ネズミがいても問題ない。そんなことで私が揺らぐことはないからな。逆に返り討ちにしてやる」

そう言ってやると、シャディールのアラブの男らしくない蒼い瞳が僅かに見開かれる。そしてすぐに愛しい者でも見るように優しげに目を細め、慧を見つめてきた。

「さすがだな、やはりお前は私の興味をそそる男だ」

「君は余程、つまらない人生を送っているのだな」

挑発的に言ってやると、彼の唇が耳朶から離れ、代わりに慧の手を取り、その手の甲に唇を寄せた。上目遣いで見つめられる。

「ああ、今まではな。だが今日からは違う。お前のお陰で刺激ある日々が送れそうだ」

距離を詰められ、彼の顔が間近に迫る。慧はとうとう我慢できず、咄嗟《とっさ》に握られていないほうの手でシャディールの顔を押さえた。

「……シャディール、一つ言うことがある。君と私のパーソナルスペースが違い過ぎるようだ。もっと離れてくれないか？」

「慣れれば問題ない。お前とは肌を合わせるほど近い距離を所望する」

「却下だ。ファグはファグらしく一歩下がっていてくれないか」

「それこそ却下だ」

シャディールが慧の手の甲をぐいっと引っ張り、胸元に引き寄せた。

「シャディール！」

「あのウォーレンという男とは縁を切れ。信用のおけるセックスフレンドなら誰でもいいんだろう？　なら私を選べ」

「何を……」

「代わりにお前にキングの座を必ずプレゼントしてやる」

「っ……」

一瞬であるが動きを止めてしまった。確かにシャディールにはキングの座を得るために策略の片棒を担いでもらおうと思っていた。だがそれとは別に、彼から発せられた『必ず』という強い言葉に心が惹《ひ》かれてしまった。

彼に抱き込まれたまま顎《あご》を摑まれ、上を向かせられる。

「取引をしよう、慧」

彼が絶妙のタイミングで持ち掛けてきた。それは慧の心の隙を、シャディールに見透かされているいい証拠だ。

「お前の願いを叶《かな》えてやる。だからまずはその躰を寄越せ。お前の心は簡単には手に入らないだろうからな」

下級生のくせに、尊大な態度で告げてくる。マウントを取られそうになるのを、慧はプライドだけで撥《は》ね除《の》けた。

「何だ、その言い方は。何様のつもりだ？」

「何様？　何様でもないさ。私はお前のファグだ。お前のすべてに関われる特権がもてる、お前の唯一のファグだ。なんと甘美な役割だろうな」

彼の美しく整った指先が慧に触れる。途端、躰に蜘蛛《くも》の糸に絡まったような、そんな意味のわからない感覚が生まれる。

「さあ、私の手を取れ、慧」

慧は眉《まゆ》を顰《ひそ》めつつも、その手を取った。

＊＊＊

「つっ……」

慧の部屋のドアを開けた途端、慧はシャディールに引っ張られ、荒々しくベッドに押し倒された。

「シャ……っ……」

彼の名前を呼ぶ前に唇を塞《ふさ》がれる。

「んっ……」

顔を横に逸《そ》らし、彼の唇から逃げる。

「待て、シャディール！」

やっとまともに声を出すことができた。しかし彼はその手を緩めることなく、慧を組み敷いてきた。

「取引は成立したんじゃないのか？　慧」

「したが、今日の今日は性急過ぎる」

「性急？　はっ、これ以上は待てないな。これでもかなり我慢したんだぞ。サロンで押し倒そうと思ったのを、お前が嫌がるから、上級生であるお前の顔を立てて、この部屋まで耐えたんじゃないか。これ以上、私を焦《じ》らすな。優しくできなくなるぞ」

「何が焦らすな、だ。サロンで襲い掛かるなんてあり得ない。まず部屋まで来るのは当然だろう？　君はもう少しモラルというものを勉強したほうがいい」

「モラル？　そうだな、お前が手取り足取り教えてくれるなら、考えてもいい。私を教育してくれるのだろう？」

慧の燕尾服はすっかり脱がされ、シャディールの指は、今はペイズリー柄のシルバーに近いグレーの色のベストのボタンを外し掛かっている。

「シャディール、だから待て。今はまだ昼だぞ。せめて夜に……」

言葉を遮るように短いキスをされた。

「昼だからいいのだろう？　今日の昼はファグマスターとファグのオリエンテーションに当てられると聞いているが？」

「オリエンテーションではないだろう、これは」

「オリエンテーションだ。お互いの利益一致を確認し、今後の方針を考慮する上でも必要なことだろう？」

ああ言えばこう言う男に、慧は抵抗するのを諦め、大きく溜め息を吐いた。

「はぁ……、まったく、仕方ないな。飴《あめ》と鞭《むち》の飴を先に与えてやる。いいか、次の授業に支障は出すなよ」

「大丈夫だ。次の三時の授業にはしっかり間に合う」

そう言いながら、いつの間にかベストを脱がせシャツのボタンを外しだしていた。すぐに慧の真珠色の肌が晒される。シャディールの目が細められるのを見た。

「綺麗《きれい》だ。想像していた以上だ」

シャディールの指が慧の鎖骨《さこつ》から胸へとすっと触った。

「しかしキスマークがあるのは、許せないな」

シャディールの指先が慧の左乳首のすぐ下に止まった。確かにそこは昨夜ウォーレンに攻められた場所である。

「私と契約する前の出来事であるとわかっていても腹だたしいな」

「え……痛っ！」

いきなり鋭い疼痛《とうつう》が走った。シャディールがキスマークの上をきつく噛んだのだ。薄い皮膚の上に熟したプラムのような赤黒い色が広がる。

「シャディール、痛いことは嫌いだ。乱暴を働くなら、今すぐファグを取り消すぞ」

「すまない。男の見苦しい嫉妬《しっと》だと流してくれ」

シャディールは謝りながら、今度は痕《あと》をつけた場所を執拗《しつよう》に舐《な》め始《はじ》めた。そして急に小さく笑った。

「どうした？」

「いや、人に謝ったのは久しぶりだと思ってな。最近、私に謝罪させるような人間はいないんだ」

「信じられないな。性格の悪さが滲み出ている」

「そうかな？　じゃあ、これ以上お前に性格の悪さがばれないように気を付けよう」

シャディールは口端を軽く持ち上げると、慧のまだ芯《しん》を持たない乳頭に舌を這《は》わせた。

「んっ……」

「感度もいいんだな」

乳首に吐息が掛かる近さで囁かれ、ぞくぞくとした痺れが慧の背筋を駆け上がる。シャディールの冷たい唇が乳首を丹念に舐めるたびに、慧の躰の芯が震えた。

「あっ……」

優しく、そして時には激しく乳首を攻められる。次第に彼の冷たかったはずの唇が熱を帯び始めた。それと同時に慧の乳首も硬さを主張し始め、淫靡な熱を生む。

そこかしこから快感がシャディールに嬲《なぶ》られている乳首に集まってくる。躰の片隅で眠っていた快感が、シャディールによって呼び覚まされているようだ。彼の唇が触れるところから、じわりじわりと甘い痺れが生まれてくる。

「んんっ……」

くぐもった声を零すと、シャディールが乳首を舐めるのをやめ、顔を上げた。熱っぽく見つめられて、不覚にも心臓の鼓動が大きく跳ね上がる。

「な、何を……？」

顎に指を添えられ、軽く頭を固定されたかと思うと、目の前に蒼い瞳が広がった。一瞬何が起きたかわからなかった。唇に自分よりも少し低い温度を持つ唇が重なる。

え？

頭が行為を理解する前に、歯の隙間からシャディールの舌が滑り込んできた。口腔《こうこう》を弄《いじ》られると同時に舌をきつく吸われ、慧は何をされているのかやっと理解した。

なっ……。

シャディールの胸を押して、抵抗を試みる。だがしっかりした胸板に阻まれ、思うように手が動かない。唇を重ねるキスはウォーレンともしていない。お互い性欲の捌《は》け口《ぐち》として割り切っていたこともあり、唇を重ねることは避けていた。二人とも、どこかで線引きをしていたのだ。それを──。

「っ……」

激しいキスを仕掛けられているため、飲み切れない唾液《だえき》が慧の唇の端から伝い落ちた。それと共に、躰を焦がすような熱で慧の頭の芯もぼうっとしてくる。

くそ……。

力では敵《かな》わないと身をもって知らされた気分だ。体格も違うのだから慧にとっては不利な体勢だった。逃げることも敵わず、長いキスにようやくシャディールの唇が離れ、慧の顎を伝う唾液を舌で舐めとられた。

「あっ……」

何──？

顎を舐められただけなのに、慧の躰の奥が官能的な痺れに震えた。男の欲望が軽く頭を擡《もた》げる。すると頭上でシャディールが吐息交じりの笑みを浮かべた。

「感じたか？」

感じた？　キスごときで――――？

「あり得ない話だな。君は自信過剰じゃないか？」

認めたくないのもあり、何でもないように言い返す。しかし強がりであることをシャディールには見破られているようで、嫌味な笑みを浮かべられた。

「ふっ、そうだな、そうやって意地を張ってもらわなければ、つまらない」

「意地など張ってない。大体、君はこんなキスをセックスフレンドとするのか？」

「キス？　慧は好きな相手としかキスはしないっていう乙女なタイプなのか？」

たぶん慧よりもかなり経験がありそうなシャディールが、余裕たっぷりに尋ねてくるのが忌々《いまいま》しい。

「そこまでは言わないが、性欲の解消だけの行為に、唇同士のキスはしないようにしている。親愛のキスまでだ」

ウォーレンとも頬などにキスをするが、唇にはしない。

「君は来る者は拒まずという感じだな、シャディール」

「否定はしないが、セーフティセックスは心掛けているよ。落胤《らくいん》騒ぎになったら面倒だからな」

「最低な男だな。避妊に失敗して、結婚してしまえ」

「はっ、恐ろしいことを言うファグマスターだ」

シャディールは楽しそうに笑うと、まるで謝罪するかのように、そっと慧の額《ひたい》に唇を落とした。

「さっきの、私がいつもこんなキスをするのかどうかという質問だが、しないな。慧、お前が相手だから貪《むさぼ》るようにキスがしたいし、いつまでも唇を奪っていたいという気分になる。相手が勝手にしてくる意味のないキスとは違う」

「今、さりげなく自慢を入れなかったか？」

じろりと睨むと、シャディールは慧を組み敷いたまま、器用に肩を竦めた。

「仕方ない。私がもてるのは事実だからな。だが、お前に私の愛が伝わらないのは癪《しゃく》だな」

「何が愛だ」

「愛だよ」

「人誑《ひとたら》しが」

「慧、お前ほどではない」

慧は自分を見下ろす男をきつく睨み上げた。だが、睨まれている男は殊勝な態度に出る訳でもなく、どこまでも威圧的に接してくる。

「さて、お前がどこまで強気でいられるか、じっくりと検分しようじゃないか」

彼の指先がするりと胸を撫《な》でてきた。そのまま入念に乳首を弄られる。

「っ……くっ……」

じくじくと生まれてくる快感に耐える。

「卑猥《ひわい》な光景だな。目の前で乳首が勃《た》ち上《あ》がっていく様子がしっかり見えて、もっと触ってくれと強請《ねだ》られているようだ」

反射的に自分の胸に目を遣《や》れば、乳頭がツンと頭を擡げているのが視界に入る。シャディールは慧の視線を意識して、見せ付けるかのように慧の乳首に舌を絡ませた。

「んっ……」

生温かい感触に思わず喉《のど》を鳴らしてしまう。

「可愛いな、これくらいで啼《な》くのか？」

「……っ、驚いただけだ」

絶対いいようにされるものかと、意地だけで彼を再び睨む。すると彼が嬉《うれ》しそうに双眸を細めた。内心舌打ちをしたくなる。こちらが劣勢であることを思い知らされたようだ。

「強気な男を抱くのはそそられる。慧、お前をこの腕に抱ける僥倖《ぎょうこう》に感謝するよ」

「何が僥倖だ。そんなこと思っていないだろうに」

「思っているさ、ハニー」

「ハニーと呼ぶな」

こんな生意気な下級生など、本当はひっくり返してシーツの上にねじ伏せてやりたい。だが、両手で胸を押し返してもぴくりとも動かすことができなかった。何か体術でもやっているだろうことがわかる。

忌々しいと思っていると、突然、シャディールの動きが止まる。

「ん？　おかしいな」

「おかしいなら、やめたらどうだ？」

心から願うが、どうやらシャディールにはその願いは届かなかったらしい。彼が真顔で言葉を続けてきた。

「いや、以前なら簡単に足を開く女や男には飽き飽きしていたはずなんだが……、慧、お前の場合はどうやら違うようだ。できれば私には簡単に足を開いて欲しいし、お前になら纏わりつかれてもいい。いっそ私のことを愛して、甘えて縋《すが》るお前の姿が見たい」

「は？」

あり得ないことを言われ、慧は思わず言葉を失う。だが、すぐに気を取り直した。

「――悪いが、他を当たってくれないか？　君の夢物語には協力できない。シャディール」

「言っただろう？　お前だからいいと」

悪びれずに莫迦なことを言ってくる。

「いいか、シャディール。あくまでも君と私はファグとファグマスターで、取引成立のために躰の関係を持つことになっただけだ。そこに恋愛感情はない」

「ああ、わかっている。だが一年あるんだ。お前を口説き落とす自信はある」

自信満々に訳のわからないことを告げる男に向かって、急所を蹴《け》り上《あ》げて逃げようかと思ったが、それに気づいたシャディールがいち早く動き、慧の動きを封じてしまう。そしてそのまま慧のトラウザーズを下着ごと抜き去り、ベッドの下へと放り投げた。

「さあ、お喋《しゃべ》りの時間はおしまいにしよう」

シャディールの男らしい薄い唇がそう告げながら慧の唇を塞いできた。ついでとばかりに、するりと歯の隙間から彼の舌が滑り込んでくる。

またもや激しいキスに見舞われた。その気持ちさえも揺さぶられるような巧みな口づけに、次第に慧の頭の芯が淫《みだ》らな熱を持ち始める。

そうしているうちに彼の手が再び慧の胸を這《は》いずり回《まわ》った。乳頭を指の腹で押し込めるように捏《こ》ねられると、鋭い快感が慧の下半身を直撃する。

「っ……」

唇を塞がれていて助かった。今にも嬌声《きょうせい》が零れ落ちるところであった。

「あっ……」

掠《かす》れた声が漏れる。彼の唇は慧に恐ろしいほどの喜悦を与えてきた。更に彼の指先が乳首を弄るたびに、雷に打たれたような強い刺激が慧を襲ってくる。

苦しい——。

そう思った時だった。唇を解放される。

「はっ、はあはあ……」

思わず吐息を零してしまう。嬌声ではなかったことに感謝するが、それもすぐに意味がなくなった。

「ああぁっ……」

続けて嬌声が漏れてしまった。シャディールがそれまで指で捏ねていた乳首を、いきなり甘く嚙んだのだ。そのままきゅっと歯で引っ張られる。

「あああっ……」

ずくんと大きな鼓動が下半身にダイレクトに伝わった。

まずい——。このままでは劣勢に持ち込まれる……っ。

「だめ……だっ……」

「駄目じゃないだろう？　ああ、気持ち良過ぎて駄目なのか？　なら、そのまま身を任せていればいい。天国へ連れていってやる」

「何がてん……っ……」

再び唇を奪われた。口腔の一番奥まで彼の舌に犯され、深く、激しく貪られた。

「んっ……んあっ……シャ……ディ……」

キスの合間に声を出そうとしても、それさえも逃さないとばかりに唇を塞がれる。次第に躰が快感に悶《もだ》え、熱を帯び始めた。キスだけで躰の芯が蕩《とろ》けそうだ。こんな感覚は初めてだった。シャディールから与えられるキスによって、眠っていた慧の本当の快感が目を覚ましたような感じさえする。

慧がシャディールのキスに翻弄されていると、彼の指先が徐々に下へと移動していった。その指先の後を追うように、彼の唇もゆっくりと下へと滑り落ちていく。敏感な場所を触れられ、慧の全身の筋肉が収縮し、快感に打ち震えた。

「んっ……」

熱が躰の奥底から溢《あふ》れ出《だ》し、一点を目掛けて駆け上がってくる。慧の今までは少しだけ頭を擡げていた劣情が、ビクビクッと大きく震えた。

「お前は、口は素直じゃないが、こちらは可愛いほど素直だな」

彼にだけは知られたくなかった現状を、彼の口から聞かされ、慧は居たたまれず、己《おのれ》の両手で顔を隠した。

彼の視線から逃れたかった。躰ごと逃れられないのなら、せめて視線だけでも断ちたい。

「意外と初々しいのだな」

「……君が遊び過ぎなんだ」

「そうだな、お前に会う前の過去の話でいうと否定できん。だが、一年前に会った時から、慧、お前一筋だ。まあ、性欲の解消という意味では多少遊んだが、それはおあいこだろう？　お互い咎《とが》めるのは、なしとしよう」

そう言って、シャディールはそっと慧の指先に唇を押しあててきた。唇が触れたところから、ジッと焦げたような熱が生まれた気がして、慌てて手を引っ込める。

「っ……」

慧を真っ直ぐに見つめる彼の瞳とかち合った。蒼い瞳に射竦《いすく》められて、一瞬動けなくなる。だがそれは彼も同じだったようで、慧の黒い瞳をじっと微動だにせずに見続けていた。

「シャディール？」

最初に声を掛けたのは慧のほうだった。その声に反応して、シャディールがぴくりと動く。そしてすぐにその顔が何とも言えない表情をした。

「……まずいな」

「何がまずいんだ？」

何かあったのかと、彼の顔を見つめていると、シャディールが右手で自分の顔を覆った。

「心臓がどきどきする。こんな感覚、初めてかもしれない……」

「え……」

シャディールのミルクコーヒー色の耳が、少しわかりにくいが朱に染まっているのを見てしまう。刹那《せつな》、どうしてか慧の全身もカッと熱くなった。

なっ……こんなの卑怯《ひきょう》だ——。

普段は傲慢《ごうまん》なくせに、急にそんなウブなことを口にするなんて卑怯過ぎる。そのギャップに、普段この男に似合わない『可愛い』という形容詞が脳裏を過ってしまうのを認めたくはなかった。

慧は眉間に皺を寄せ、不愉快を装う。『可愛い』だなんて思ってしまったことをシャディールには絶対知られたくなかった。知られたら、調子に乗るに違いない。

黙ってじっと見つめたままでいると、彼が苦笑した。

「どうやら、本当に私はお前には弱いようだ」

その声に、不覚にも慧の鼓動がドクンと大きな音を立てた。アラブの王子にこんなことを言われたら、誰だって鼓動を大きくさせると、慧は自分に言い訳をする。だが、

「こんな戯《たわむ》れで、既に下半身を勃たせているお前がとても可愛くて仕方ない」

一言多かった。

「そんなことをいちいち言わなくてもいい」

恥ずかしくて結局慧から視線を外す。

「いや、言わせてもらう。お前を称賛するのも私の愉《たの》しみだ」

「悪趣味過ぎる」

慧が上半身を起き上がらせようとすると、シャディールに阻まれ、またシーツの上に組み敷かれた。

「逃げるな、慧。大体、お前は私を悪趣味だと言うが、私から言わせてみれば、お前は往《おう》生際《じょうぎわ》が悪過ぎる」

シャディールが、未だ脱いでいない燕尾服の内ポケットからガラスの小瓶を取り出した。

「この香油には少し催淫剤《さいいんざい》が入っている。私のは少々でかいからな。香油の力を借りて挿入したほうが楽だろう」

「え……」

今、シャディールは何と言った？　少々でかいとか、挿入したほうが楽とか……。

一瞬、思考が止まる。

「っ……、シャディール、まさか君のそれを私に挿《い》れるとか、そんな莫迦なことを考えているんじゃないだろうな」

「は？　挿れるに決まっているだろう？　セックスをするんだから」

「な……」

慧の全身が固まる。確かにウォーレンとはセックスフレンドだった。だが、それは抜き合いっこ程度で、実際どちらかが挿入するとか、そういうことまではしていなかった。

慧は思わずシャディールの下半身に視線を落とした。彼のトラウザーズを大きく持ち上げているイチモツに、かなり質量があることはその衣服の上からでもよくわかった。滅多《めった》にお目に掛かれない立派な代物《しろもの》だ。

「シャディール、悪いが他を当たってくれ。私はまだ死にたくない」

「香油を使えば問題ない。大丈夫だ」

大したことなさそうに言いながら、小瓶の蓋《ふた》を開け、手先を濡《ぬ》らし始《はじ》めている。いかにも他人事としか受け止めていない。

「大丈夫であるものか。いいか、私は挿入するセックスをしたことがない。ウォーレンとも抜き合いっこまでだ」

「それは本当か！」

急にシャディールの目が生き生きとする。

「嘘も本当もあるか。大体、君、挿入するのがセックスだなんて思っていないだろうな」

「え？　思っているが？」

　シャディールが当たり前のような顔をして答えてきた。

「……君の性生活は乱れているぞ」

「この年齢なら普通だと思うぞ。だが、一ついいことを聞いた。お前の初めてを貰《もら》えるとは、なんて私は幸運なんだ。慧、お前の処女は私のものだ」

「くっ……処女とか言うな」

「じゃあ、未開通……」

「未開通とも言うな。それに、君は自分のソレがどれだけ凶器になり得るサイズなのか、わかっているのか？　そんなサイズ、あり得ないぞ！」

「今まで苦情を受けたことはない。皆、良かったと褒めてくれたが？」

「君の周りはドMばかりか！」

「失礼だな。だが、私に関して言えば、お前の怒鳴り声さえ心地良く聞こえるというところで、お前限定でドMなのかもしれないがな」

「君のどこがド……っつぅ……」

　慧の下肢に痛みが走った。彼が慧のしっかりと閉ざされていた蕾《つぼみ》に指を挿入したのだ。

「あ……待て……あっ……」

　彼のほうへと引《ひ》き摺《ず》られたかと思うと、両足の膝裏を持ち上げられ、シャディールの両肩に掛けさせられた。慧の下半身と蕾の両方が彼の目の前に晒されることになる。

「や……めっ」

慧の制止の声も空《むな》しく、シャディールは手早く香油を指に馴染ませると、そのまま慧の中へと挿入し、媚肉へと擦りつけた。香油を塗られた傍から、中がじわりと熱を持つ。

「あぁぁ……」

思わず声が出てしまった。それにどうしてか、弱い場所をシャディールに的確に探られ、どうしようもない快楽に溺《おぼ》れそうになる。必死で理性を手放すまいとしているのに、彼の指でコリコリとした場所を何度も擦られると目の前がチカチカし、意識が飛びそうになった。催淫剤のせいなのか、何をされても快感を覚えるばかりだ。五感がおかしい。

「くっ……」

ふと生温かい感触が更に生まれた。感触の正体が気になり、視線を下肢に向けると、シャディールが慧の蕾に舌を這わせているのが見える。思わず頭が真っ白になった。何年来かのセックスフレンド、ウォーレンでさえ、そこを舐めたことなどない。

「な……そんなところを、舐める……な……あぁ……っ……」

指で中を犯された上に、舌で指を呑《の》み込《こ》む蕾の襞《ひだ》を器用に捲《まく》り上《あ》げられた。中にも舌を差し込まれているかもしれない。躰の中までねっとりとした感覚が伝わってくるのだ。

しっかりとした質感を持った指と、艶めかしく蠢《うごめ》く柔らかい舌――。まったく違う感触の愛撫《あいぶ》は、慧を簡単に快楽の淵《ふち》へと追い詰めてくる。

「ほら、もう中が柔らかくなってきた。この香油は我が王族の秘伝のものだ。常習性のあるものじゃないから安心するといい」

「安心って……あぁ……っ」

シャディールの指がある場所に触れた途端、凄《すさ》まじいほどの快楽が湧き起こった。それこそ一瞬意識を失いそうになるほどの快感が押し寄せてくる。

シャディールにいいようにされるのが嫌なはずなのに、慧が感じるのは確かに快感であった。彼の指が一点に触れると、喜悦が更に膨れ上がる。

「指を増やすぞ」

慧の返事も聞かずにシャディールが傍若無人《ぼうじゃくぶじん》に振る舞う。すぐにクニクニした感触が隘路《あいろ》に広がった。

「ほら、二本だ」

二本の指が奥へと忍び込んでくる。香油が手伝っているのか、するりと二本の指を慧の蕾は呑み込んでしまった。

「抜け、シャディール……んっ……」

「はっ、莫迦な。私のサイズを咥《くわ》えるつもりなら、まだ足りないぞ」

そう言って、更に指を突きたてた。

「ふっ……さ、三本も……挿れるなぁ……ぁあっ……苦しい……っ……ぁあ……」

ただでさえ三本の質量を受け入れるのは困難なのに、狭い場所でその三本の指をバラバラに動かされる。隘路に空気が入ってくる不快な感覚に苛《さいな》まれた。だがそれもどうしてか、快感へとすり替わっていく。

与えられた感覚がすべて悦楽に濡れていくのに時間は掛からなかった。

「あっ……ああっ……」

いつの間にか膝は高く掲げられ、慧の胸にその膝がつきそうなくらい折り曲げられている。シャディールがトラウザーズのベルトを外している音が煩《うるさ》いほど鼓膜に響いた。

「挿れるぞ」

「シャディ……ル、ま、待て、初めてなん……だ……挿れるな……あぁぁ……」

シャディールが躊躇《ちゅうちょ》もなく一気に慧を穿《うが》った。まるで灼熱《しゃくねつ》の楔《くさび》に身を貫かれたような衝撃に襲われる。

「シャディール……大き……い……大きす……ぎるっ……あぁ……くっ……」

あまりの容積に慧の隘路がいっぱいいっぱいだった。ただでさえ今までこんなところに何かを受け入れたことなどないのだ。催淫剤の香油がなければ絶対無理だ。

「ぬ、抜け……シャディール！　入る……入ってしまうだろうっ……挿れるな……っ」

「は、もう入っている。ここでやめられるか。もっと力を抜け。楽になれる」

「で……できない……っ……」

息が止まるかと思うほどの質量に眩暈《めまい》さえ覚えた。

「仕方ないな」

シャディールは萎《な》えてしまっていた慧の下半身を片手で覆うと、ゆっくり扱《しご》き始《はじ》めた。

「何をす……る……シャ……ル……っあ……あ……あぁ……」

遠のいていた快感が再び戻ってくる。慧の劣情はシャディールの手の中で大きく膨らみ始めた。同時に全身強張《こわば》っていたのが、ゆっくりと筋肉が緩んでいくのがわかる。

「もっと緩められるだろう？　そんなにきつく締め付けていたら、いつまで経《た》ってもこのままだぞ。いいのか？」

「Ｓｈｉｔ！」

絶対、普段は口にしてはいけない罵声《ばせい》が零れてしまうが、この男相手では仕方がないことだと思う。まんまと嵌《は》められた気分だった。このまま力を緩めれば、シャディールを不本意でありながらも、自分から受け入れてしまうことを意味する。それが嫌なら緩めなければいいのだが、この状態をずっと続ける勇気もなかった。

「くっ……後で覚えていろ、クソ王子」

慧は忸怩《じくじ》たる思いで躰から力を抜く。途端、シャディールが嫌味な笑みを浮かべた。

「口は悪いが、お前の綺麗な顔を見ているると、愛を囁かれているような気分になる。不思議だな」

「不思議なのは君の頭のほうだ……っ……あっ……」

それまで止まっていたシャディールが再び動き出した。

「あぁっ……あ……」

甘く掠れた声が喉から次々と零れ落ちる。やめる手立てもなかった。それまで巨根で貫かれていた苦しみが、催淫剤のせいもあるかもしれないが、消え去っていく。代わりに何とも言えないもどかしいような快感が湧き起こってきた。

「な……何？　あ……何なんだ……あぁっ……うぅ……」

躰の奥がむず痒い。彼の屹立《きつりつ》で何度も擦って、その痒みを鎮めたくて仕方なくなる。

「そろそろ催淫剤が効いてきたようだな」

「な……このムズムズした変な感覚……って……あっ……ん……」

「ああ、そうだ。だが気にするな。精液を混ぜれば中和されて、痒みもすぐに消える」

「精液……」

快感に頭の芯がぼぉっとする中、慧は必死で思考能力に縋った。そしてある恐ろしいことに気が付いた。

こいつ、そういえば――！

「な……ゴム！　ゴムを、しろ……っ……はぁ……ふ……」

むず痒いところを強く擦られ、声が抜ける。意識も快感でふわふわしてきたが、それに身を任せたら、この男の思うツボだ。

「大丈夫だ。病気は持っていない。それにこの催淫剤は中和するのに精子がいるから女性には使えないが、男性に使うには一番害のないすばらしいものだ。安心して抱かれろ」

「安心できるかっ……ぅ……はっ……」

深く穿たれ、背筋がビビッと痺れる。

「——それに中出しするのはお前が初めてだ。さっきも言ったが、いつも出自柄、セーフティセックスを心掛けていたからな。私の初めてをお前に捧《ささ》げるよ」

重過ぎるのか軽過ぎるのか訳のわからない告白に、抗議の声を上げたいが、口を開けば嬌声しか出ず、慧は言葉を呑み込むしかなかった。

「フッ……中が柔らかくなったな」

そんなこと言われたくないが、事実、自分の中が徐々にシャディールに合わせて形を変えていくのがわかる。こんな大きな彼を咥えさせられたら、次、誰かと寝る機会があっても、物足りなくなるかもしれない。その証拠にこの大きさに慣れた慧の肉壁が、もっと彼を味わいたくて淫らに蠢いて、そして貪る。

「凄《すご》いな。私が欲しくて堪《たま》らないようだ」

「いちいち言うな……くっ……」

あまりにも不本意だが、快楽にぐずぐずに溺れてしまいそうな今、抵抗するだけの理性も消え掛けていた。

文句を言うよりも彼をもっと感じたくて、自《みずか》ら腰を動かし、彼を煽《あお》ってしまう。

「はっ……良過ぎるぞ、慧……」

シャディールの吐息交じりの深く甘い声が慧の鼓膜を震わす。それだけでも躰の芯にじんとした疼痛が走り抜けた。疼《うず》く襞をずるずると引き摺られるようにして擦られる感覚が堪らない。むず痒かった場所を彼に強く擦られると、蕩けそうになった。

気持ちいい――。

今までに感じたことがないほど、心が満たされる。

どうして――？

ウォーレンとの抜き合いっこでは、ここまで満たされなかったのに……躰の相性がいいのか？　いや、催淫剤のせいだ。きっとそうに違いない――。

自分にそう言い聞かせる。そうでなければ、自分の矜持《きょうじ》を保つことができなかった。

「あっ……あ……っ……ん……」

慧の気持ちを裏切って、甘い声が出るたびに、もっと声を出させようと、シャディールが躰を大きく揺さぶってくる。狂おしいほどの愉悦に恐怖さえ覚え、思わず助けを求めるかのように張りのある彼の背中に手を回した。

もっと……もっと強く擦って欲しい――。

催淫剤のせいでむずむずとする奥を、彼の硬くて太い熱棒で擦られたい。

「シャディール……っ……もっと……」

「慧っ……」

刹那、胸の中にきつく抱き締められる。彼の牡《おす》が慧の更なる奥へ突き進んだ。

「あぁ……深いっ……やぁ……あぁ……」

熱が躰に籠《こ》もり、理性までもドロドロと溶け出した。今はただ、快楽に溺れ求め、求められたかった。シャディールの頬に指を伸ばす。その指を熱い彼の手が掴み上げた。そのまま指先に口づけされる。慧の脊髄《せきずい》を強い痺れが駆け上がった。刹那――、

「あぁぁぁぁ……」

吐精した。指先にキスをされただけで達《い》ってしまったのだ。

「あ……あ……はぁ……」

息苦しくて肩で息をしていると、シャディールの動きが更に激しくなった。彼はまだ達ってないことをその動きで気づくが、『時、既に遅し』だ。がっちりと捕らえられ、ベッドの上から逃げ出すことは不可能だった。

「ま……待て……少し休憩……はぁ……あ……っ……」

獰猛《どうもう》に貪られる。慧の官能の焔《ほのお》が再び灯《とも》り出《だ》した。達ったばかりなのに、また下半身は

芯を持ち始める。本当は慧も彼が足りなかった。まだシャディールが達ってないこともあり、その充分な硬さや太さに慧は淫猥《いんわい》な悦びで躰を震わせた。煮《に》え滾《たぎ》るような熱は躰の中心に埋め込まれたままだ。彼の発する熱は、慧の全身へと広がり、神経まで蕩けさせる。

意識が朦朧《もうろう》とする中で、自分を組み敷くシャディールの顔を見上げれば、彼が快感に濡れた瞳で慧を見つめていた。

シャディールもまた、慧とのセックスに溺れているのだ。その事実にどこか胸が躍る。

『負け』ではないのだ。『対等』もしくは慧の『勝ち』であることを確信する。

「慧、そんな艶《つや》のある顔をするな。反則だぞ」

どうやら表情に出てしまっていたようだ。

シャディールは人の悪い笑みを浮かべると、己の欲望を入り口まで引き抜いた。

「えっ？　あ、あぁあっ……」

慧が油断した瞬間、シャディールは意地悪にも一気に慧の奥を穿った。信じられないほど奥まで彼の情欲で満たされる。じゅくじゅくと疼く最奥で、シャディールが何度も抽挿を繰り返し、悲鳴にも似た嬌声を上げさせられた。

「はぁ……ひぅ……あっ……もっと……もっと――」

シャディールの熱をもっと感じたくて、彼の腰に足を絡め、動きに合わせて腰を振る。

「いいか？　慧」

舌で耳を愛撫されながら、吐息を吹き込まれる。それに反応して慧の下半身が反り返った。耳まで性感帯になったようだ。慧は必死に首を縦に振って彼の問いに応《こた》える。

「まったくお前は可愛いな……いい意味で予想を裏切る……はっ……」

彼の抽挿が一層激しくなった。

「だ……め、だ。激し……シャディ、ル……ただでさえ、大きい……のに、はぁっ……」

溢れ出す快楽に翻弄され、慧は白濁した熱を自分の下腹部だけではなく、シャディールの制服にも飛び散らせてしまった。二度目の吐精だった。

「あっ……」

絞り出すように射精し、自分の中にあったシャディールをきつく締め付けてしまう。

「っ……」

彼の色香を含んだ吐息が頭上から零れる。瞬間、熱い飛沫《ひまつ》が勢いよく肉襞に当たるのを感じた。慧の襞がその刺激に淫らに蠢く。

「シャディール――あっ……」

シャディールの吐精が長く続き、二人の繋《つな》がった部分の際から、受け止め切れない精液が慧の淡い茂みを湿らせ、滴り落ちる。だが、シャディールの動きは止まらなかった。すぐにまた激しく腰を動かし始める。

達ったばかりだというのに、彼のまだまだ嵩《かさ》のある質感に慧は大きく息を呑んだ。

「シャ……ディール……もう体力が……もたない……次の授業に……支障が出る」

シャディールの屹立が抜き差しされるたびに、接合部から白い蜜《みつ》が溢《あふ》れ、慧の太腿《ふともも》を伝っていく。かなりの量を中に出されたようだ。

「まだだ、授業まではまだ時間がある。それにファグマスターのオリエンテーションだ。多少授業に遅れても、誰も変には思わないさ」

きつく腕に囚われて、耳朶を甘嚙みされる。

「もう……む、り……っ……ああっ……」

「まだ足りない。まだだ、慧が全然足りない。慧、私の精をすべて受け止めよ。お前だけだ。お前にだけその権利を与える――」

「シャディール……っ……」

慧は無理だと思いながらも、躰の疼きが示すまま、彼の首に手を回した。

結局、初めて男を受け入れた慧の躰は、情事後もすぐに動くことはできず、次の授業を体調不良で休むことになった。勿論シャディールが付き添ったのは言うまでもない。

そしてこの一年、慧はシャディールのファグマスターを務め、十六の寮を代表する寮長を纏める総長、キングの座も得ることになる。

アラブの鷹《たか》を従えたフィリッパ。

美しき東洋人の青年と、まるでその青年のボディガードであるかのように、ぴったりと寄り添うミルクコーヒー色の肌をした王子。彼ら二人が一緒にいる姿はヴィザール校のどこでも見掛けられ、誰もが二人に目を奪われた。

当初傲慢であるかと思われたシャディールは、慧のファグになってからは紳士的で誰に対しても公平であった。更に三学年生で転入してきたというのに成績も優秀で、その頭脳はすぐに最上級クラスのお墨付きを貰ったほどである。

模範生でもある二人は、生徒の憧《あこが》れの的《まと》であり、創立祭や数多くの寮対抗の試合などでエドワード寮を勝利に導いた功労者でもあった。

すべてがエドワード寮にとってすばらしい一年であり、寮長の慧が卒業するまで寮は安泰であるし、また慧が卒業しても、新たな寮長やシャディールがいるので、この先も他の寮よりも勢いがあるだろうと、誰もが信じて疑わなかった。

◆ Ⅱ ◆

慧《けい》にとってのヴィザール校の最終学年はとても有意義な一年であった。

新学期早々、エドワード寮の寮長になり、すぐにシャディールの力を借りて策略を巡らし、見事キングの座も得ることができた。冬期休暇に入る前に、結局、アメリカのハーバード大学に早期出願をし、気持ちをすっきりさせ年を越すこともできた。

クリスマス時期を家族と過ごす習慣のない慧とシャディールを、副寮長がマナーハウスに招待してくれ、そこで英国式クリスマスを過ごした。そして正月は慧がシャディールを招待し、日本の正月を満喫した。

シャディールとは相変わらず躰《からだ》の関係を持っていたし、彼からの求愛は止《とど》まることがなかった。

ただ、慧は彼を少しずつ怖いと思うようになった――。

彼と肉体関係を持った時、不謹慎ではあるが、それは性欲の解消や取引であって、恋愛など頭にはなかった。

若さゆえの過《あやま》ちの一つと片づけ、彼と一生を添い遂げるつもりはなかった。シャディール自身も口では愛を語るが、それは社交辞令のようなもので、本気ではないと信じていた。

だが――。

信じられないことに、慧自身がシャディールに惹《ひ》かれ始《はじ》めていた。彼の罠《わな》にまんまと引っ掛かったような気分だ。

あんなに恋愛の対象外と考えていたはずなのに、気づけば彼の一挙一動に心を動かされ、翻弄《ほんろう》されている。それなのに、何でもないように振る舞っているのが現状だ。

だからこそ、自分をこんな風にしてしまったシャディールを怖いと感じてしまった。

このまま一緒にいることが怖い。いつか自分が身分不相応に彼に愛を告げ、それが叶《かな》わないものだと思い知る日が来るのが怖くて堪《たま》らない。

シャディールの『好き』という言葉は、彼の立場を考えたら、いつかは別れることが前提の『好き』という意味で、慧の意味する『好き』よりもかなり軽い。そのことがわかっているからこそ辛《つら》くもあった。

＊＊＊

その日は珍しく雪が降っていた。二月に入って、ロンドンの空は一段と暗さを増す。昼間でも一日中、どんよりとした鼠色《ねずみいろ》の雲が空を覆っていた。

イギリスはウィンタースポーツがほとんどできない国である。スキーやスノボーをするのなら海外へ出掛けたほうがいいくらいだ。

そのため血気盛んな生徒らは、ウィンタースポーツができない分、この時期、理由をつけては騒ぐのが通例であった。先日、慧が見事、ハーバード大学の合格通知を貰《もら》い、エドワード寮でささやかな祝賀会が催されたのも、その一つにすぎない。

他には、ほぼ毎日どこかの寮で、キュースポーツの一つ、スヌーカーがされているし、寮対抗のスヌーカー大会があったりして、凍てつく冬の学校も色々と騒がしい。

六月の卒業までに慧はエドワード寮の新しい寮長を決めたり、春の寮対抗試合の手筈《てはず》など、なかなか忙しい日々を送る予定だ。きっとあっと言う間に過ぎ去るだろう。

慧は窓から空を見上げた。長いようで短かった五年間がもうすぐ終わるのかと思うと、感慨深いし、どこか胸が痛くもあった。

「相変わらずお前の黒髪は滑らかで綺麗《きれい》だな。ずっと触っていたくなる」

物思いに耽《ふけ》っていると、ドライヤーで慧の髪を乾かしていたシャディールが、耳元に顔を寄せて、吐息交じりで囁《ささや》いてきた。

昼食が終わり、寮長の雑務を手伝うという大義名分の下、先程まで慧はシャディールと肌を重ねていた。そして二人で風呂《ふろ》に入り、いつものようにシャディールに躰を洗われ、今、髪を乾かしてもらっている。慧の身の周りの世話はファグの仕事だと言って、シャディールが進んでするのだ。特に今のように情事の後であれば、更に念入りにしてくれる。一国の王子に傅《かしず》かれるなど、きっと今しかないだろう。

「残念だが、あと十分ほどで授業が始まるぞ、シャディール」

「シャディールじゃない。二人きりの時はリエーフと呼べ」

「フン、名前以外の名称では呼べないな」

「だが――――、ベッドの上では呼んでくれているじゃないか」

突然そんなことを甘い声で囁かれ、慧の心臓がきゅっと締め付けられた。蒼《あお》い瞳《ひとみ》に射貫かれ、囚《とら》われそうになる。言葉がすぐに口から出てこず、睨《にら》んで対抗するしかない。するとシャディールが満足そうに鼻を鳴らして、ドライヤーを片づけ始めた。それでほっとする自分自身が忌々《いまいま》しい。

リエーフというのはロシア語でライオンという意味だ。シャディールの母が彼をそう呼んでいるようで、ごく近しい者だけが、この愛称を呼ぶことを許されているらしい。

だがこれ以上、彼との間に特別を作りたくない慧は、リエーフという名前を、無理やりベッドの上では呼ばされることもあるが、平常時では呼ばないようにしている。

「慧、襟元にキスマークを付けた。シャツのボタンはきっちり上まで閉めろ」

「なっ、あれだけ付けるなと言っているのに、また付けたのか」

「またとは心外だな。キスマークは消えたら付けるのが私のモットーだ。それとも付けたらまずいことでもあるのか？　私以外のセックスフレンドは禁止しているはずだが？」

慧の、してもいない浮気を疑われると後が大変だ。この関連の話題はご法度《はっと》だと、慧もこれまでの付き合いで重々理解していた。放っておくと無駄に長くなり、最後はシャディールが暴走して再びベッドに組み敷かれることになるのだ。早々に切り上げるが勝ちで、あと少しで授業が始まるような時に、話題にするべき内容ではない。

「もう、いい。ほら、三学年の最終学期から最上級に進むんだろう？　レーニン先生は遅刻に煩《うるさ》いから、マイナス評価されるぞ。早く教室へ行け」

「やれやれ、お前との契約で優等生を演じないといけないからな。では後で」

シャディールは席を立つと、慧の頬《ほお》にキスをして部屋から出ていった。ドアが閉まった途端、部屋が静寂に包まれる。室温も少し下がったような気がした。二月であることをまた思い出す。

卒業まであと四ヵ月――――。シャディールと過ごす時間が少しずつ消えていく。だが、別れることの寂しさより、安堵《あんど》の気持ちのほうが大きかった。

五年間のうち、最後の一年が一番濃い時間を過ごしたと思う。彼に対して愛情を持ってしまったのも濃い時間の理由の一つであろう。でもそれまでだ。そこから先はない。

会うことを恐れる人物に、学生のうちに出会えたことは、人生という枠で考えれば良い経験だ。社会に出てから出会っては、失う物も多いかもしれない。今なら自分の人間としての成長の糧《かて》ともなるだろう。

シャディールとのどうにもならない出会いも人生のプラスにしてみせる――。

慧は気持ちを切り替えて椅子《いす》から立ち上がる。それと同時に、ドアがノックされた。シャディールが何か忘れものでもしたのだろうか。そんな気軽な思いで返事をし、そのまま入室を促すと、そこにはシャディールの従者、オルゲがいた。

嫌な予感がした――。

いつもシャディールの傍《そば》を影のように離れない彼が、一人残ってここに来たのだ。それだけでシャディールの耳に入ってはならないことを彼が口にするのは明確だった。

「何かあったか？」

椅子に座り直し、何でもないように装《よそお》って彼を迎えた。オルゲは一歩中へ入ると、そっとドアを閉めた。

「単刀直入に言います。殿下と別れて下さい」

「別れるも何も、私たちは付き合ってもいないよ」

カチャリ……。

銃の安全装置が外される音が部屋に響いた。オルゲの手には小さな銃が握られ、こちらに銃口が向けられている。慧は僅《わず》かに目を見開いた。

「言葉遊びは結構です。もう一度言います。殿下と別れて下さい」

「オルゲ……」

「貴方《あなた》には申し訳ありませんが、殿下にとって貴方は邪魔な存在となります。殿下はロシア人である母君の血を色濃く受け継いでしまったがために、多くのことで不利な立場に立たされております」

それは何となく感じていた。一度、いかにも権力を笠に着ている男を見たことがあるが、彼はシャディールに対して居丈高《いたけだか》に振る舞っていた。

他人に対して威張って接する人間の大抵は、井《い》の中《なか》の蛙《かわず》だ。自分がいかに程度の低い人間なのか気づいていないのだから。

慧も普段ならそういう輩《やから》は相手にしないのだが、その時だけは少し気になった。

慧はシャディールと一緒にいるうちに、彼の抱える闇《やみ》を少しずつだが感じるようになっていた。それは、それだけ彼が身近な存在になったことを示す。

「そこに更に男の恋人を公の場で連れて歩くなど、殿下の政治的生命を絶つ可能性もあります。貴方との関係は殿下には不利益でしかないのです」

言われなくてもわかっていることだ。慧がシャディールにいくら心を惹かれたとしても、己《おのれ》の立場くらいわきまえている。

「オルゲ、君の言いたいことはわかった。銃を下げてくれないか？　落ち着いて話もできない。それにもし私がここで死んだら、君の立場はどうなるんだ？　君が言うようにもしシャディールと私が恋人同士だったら、君はシャディールの恋人を殺したことになり、ただでは済まないはずだ」

「死罪になっても構いません。それで殿下のお目が覚めれば本望です。それよりも貴方が生きているほうが怖い。貴方が生きている限り殿下は貴方を忘れない」

「私が死んだら余計忘れないかもしれないぞ？」

おどけた感じで切り返したが、オルゲはその真剣な目つきを緩めることはなかった。

「いえ、死んでしまえば、その人の記憶は風化していくのです。次第に声も忘れ、どんな声で愛を語ったかも忘れていくのです。いつかは殿下も貴方への愛を失《な》くしましょう」

酷《ひど》く真実味のある言葉から、オルゲが本気で慧の命を狙《ねら》っていることを知った。

しかしここでシャディールと別れると言う気にはなれなかった。そもそも、今までシャディールとの関係には名前を付けず曖昧《あいまい》にしてきたのだ。今更ここで『別れる』などという言葉を口にしたら、今まで付き合っていたと認めることになる。あり得ない。自《みずか》ら認めることなど。それに銃を向けられ、命乞《いのちご》いのように言わされるのも気に入らなかった。

慧自身もまだ青いということだ。

「もう一度言います。別れて下さい。貴方から殿下を振って下さい」

「無理だ。理由は先程も言ったが、そもそも付き合っていないのだから、別れるも何もない。それこそシャディールに言えばいいじゃないか」

「私からは何度も申し上げております。ですが殿下が聞く耳をお持ちにならないのです」

「それで私から彼を振れと？　付き合ってもいないのに？　そうでなければ殺す？　都合のいい話だな。莫迦莫迦《ばかばか》しいにもほどがある。さあ、話は終わりだ。君も授業があるんだろう？　早く行きたまえ」

「残念です。寮長――」

オルゲの銃を持つ手が僅かに下がり、椅子に座っている慧に照準を合わせた。だが。

「残念なのは、お前のほうだ。オルゲ」

いつの間にかシャディールがドアのところに立っていた。

「殿下！」

オルゲも気づいていなかったようで、酷く狼狽《うろた》えた。

「銃を下げろ、オルゲ。命令だ」

鋭い声に苦しげに顔を歪《ゆが》ませ、オルゲは銃を下げた。

「オルゲ、お前は一つ間違っている。慧が死んだら私が忘れる？　違うな。慧が死んだら、私も後を追う。お前が私を殺したいのなら、慧を殺せばいい。慧一人で死なせない」

「で、殿下……」

オルゲだけでなく慧もシャディールの言葉に驚いた。

「どうせ国の誰かにそそのかされたのだろう？　後で説明しろ、オルゲ。いいか、自害は赦《ゆる》さぬ。私への最大の裏切りを今後の忠誠心で償え。わかったな。さあ、授業へ行け」

「……かしこまりました」

オルゲは震えながらも頭を下げると、そのまま部屋から出て行った。小さな溜《た》め息《いき》が聞こえた。シャディールだ。そのシャディールに声を掛ける。

「寛大な処置だな……」

慧の声に、シャディールが視線を合わせてきた。

「お前のファグ教育のお陰というところかな」

シャディールが気障《きざ》ったらしく両肩を竦めて答える。

「だろうな。私は優秀なファグマスターだからな。君の教育にも一役買っているはずだ」

冗談めかして、そんなことを言ってやるとシャディールが吐息だけで笑った。そして椅子に座っている慧の元まで近づいてくると、身を屈《かが》め、そっと抱き締めてきた。その時、初めて彼の躰が僅かに震えていることに気づく。

「慧、お前は最後まで私と別れると言わなかったな……」

「え――――？」

「オルゲにあれだけ脅されたのに、別れを口にしなかったことに、やはり私はお前に愛されているなと確信したよ」

「自信過剰だな、それは……」

元々付き合っていないから、と言おうとして口を開いたが、その唇を言葉ごと奪われる。

「っ……」

「今はそういうことにしてくれ。少しでも希望を胸に抱いていたい。愛している、慧。必ずお前を私のものにする」

もしかして私が離れようとしていることに、気づいている——？

慧は言い訳を呑《の》み込《こ》んだ。どうしたらいいのか、自分でもわからなかった。こんなに判断能力が鈍る自分など知らない。自分自身なのにまるで他人のようだ。

慧がシャディールの顔を見続けていると、彼の双眸《そうぼう》が柔らかく細められ、そのまま今度は額《ひたい》にキスをされた。

「オルゲの姿が見えなかったから捜しに来たんだ。もう授業に遅れる。行って来る」

彼が名残惜しそうに唇を離し、急いで部屋から出て行った。彼の後ろ姿を目にしながら、この不確かな愛が誰にも邪魔されず、永遠に続くような気がしてしまった。

怖い——。

慧は我知らず目を閉じた。あり得ないことを、『もしかしたら』と希望を持つ愚かな自分を打破できない。引《ひ》き摺《ず》られそうになる。父の跡を継ぐべく外交官の道を進む兄とは別の道へ進み、兄をサポートできるような立場になれと言われているし、兄を乗り越えようとしている慧にとって、恋愛沙汰《れんあいざた》でエリート街道から脱落する気はない。

振り切らなければ――。

オルゲの言う通り、シャディールの恋人としては、慧は彼の足を引っ張る存在でしかない。彼の国では男同士の恋愛を認めないだろうし、たとえ認めても王族という立場上、国民感情を考えると無理だろう。それに慧自身、そんな荊《いばら》の道を歩きたいなどと思わない。

卒業が少なくともターニングポイントになるのは明白だった。

あと少し――。あと少しだけ、ぬるま湯の生活に身を委《ゆだ》ねたい……。

慧は締め付けるような痛みを発する胸を、そっと押さえた。

＊＊＊

夜の礼拝を済ませ、シャディールは自室に戻り、先程オルゲから聞いた話を考えていた。

オルゲは国の同僚から、慧の存在がシャディールの出世を考えると不利益であると、何度か忠告されていたとのことだった。その同僚というのが、ある大臣の息の掛かった使用人だったので、大体のことはすぐに想像できた。元々確執があった大臣がシャディールの立身を心配する訳がない。どうせ愛する人間を亡き者にして、精神的な打撃を与えようとしたのだろう。

「いい歳《とし》をして、莫迦なことしか思いつかない男だな」

寮生活で淹《い》れられるようになったティーバッグの紅茶を一口飲む。茶葉から淹れたものとは味が違い、ちょっとだけ顔を顰《しか》めてしまった。

あと六年だ。あと六年経《た》って、社会人となるまでに身辺をしっかり固めて、周囲を黙らせなければならない。自分の人生に彼らが口出しできないようにするつもりだ。

どうせ第六王子だ。王座には興味がないと言えば嘘《うそ》になるが、骨肉の争いからは遠ざかりたいので関わりたくないのが本心だ。既に投資も始めていた。あと六年のうちにそれなりの財を成し、自分で生活できるようにしたい。何かあって口座を凍結されてもいいように、それらはスイスの銀行の秘密口座に移していた。

あと六年が勝負だ。

その間、様々な障害から慧を守り切らなければならない。今回のようにシャディールを敵視する誰かが慧の命を狙うこともあるだろう。いざとなったら駆け落ちをして姿を隠してもいい。

「何か策を講じなければな……」

シャディールの瞳の蒼色《あおいろ》が少し濃くなった。

＊＊＊

春期休暇に入る前に催されるボート競技大会は『スプリング・ウィーク』と呼ばれ、十六の寮で競い合う大きな祭りとなる。

各寮から選ばれた八人の屈強な選手が一つのボートに乗って勝敗を競うのだが、この大会は一年のうちで最も重要な競技とされ、勝利したチームには最高の名誉として『ヘッズ・オブ・スプリング』という称号が贈られ英雄とされる。

慧も有終の美を飾るためにも選手として参加したかったのだが、エドワード寮の寮生らが皆、『フィリッパは舟を漕《こ》がない。寧《むし》ろ漕がせる側！』と訳のわからない言い分で反対し、結局渋々応援側に回った。

代わりにシャディールが選手として選ばれ、他の七人と共にエドワード寮に優勝をもたらし、『ヘッズ・オブ・スプリング』の称号も得ることとなった。慧としては自分の寮が優勝したことは誇らしかったが、自分は選手になれなかったのに、シャディールがなれて、しかも称号も得たことが少し気に入らなかった。

副寮長からも『スヌーカーの大会も慧の功績でエドワード寮の優勝で幕を閉じたんだから、たまには下級生に花をもたせてやれよ』と諌《いさ》められたほどである。

そうやって寮の仲間と笑い合い、春の訪れを感じながら、ヴィザール校は短い春期休暇に入った。

この春期休暇を慧はシャディールと一緒に過ごすことはしなかった。彼のファグマスターになって初めて別々に過ごす休暇である。慧は休みに入ってから、そのことに気づき、僅かに驚いた。それだけ彼と一緒に過ごしてきたのだと改めて思い知らされたからだ。

この時は、慧自身がシャディールとこれ以上は親しくしないように気を付けていたのもあり、彼と休暇を過ごさなかったことに、あまり違和感がなかった。あくまでも自分がシャディールを避けていたと思い込んでいた。だからこそ、シャディールが慧を避けていることに、まったく気づいていなかった——。

そして休暇が明け、いよいよヴィザール校の最終学期、最後の三週間が始まる。

＊＊＊

最終学期の大きな行事は、各寮の新しい寮長の承認である。

かねてから、エドワード寮の次期寮長はシモンと噂《うわさ》されていた通り、慧もこの一年間、その人柄や生活態度を観察した上で、彼に寮長を任せようと決めていた。

慧が務める各寮の総長、キングが招集する承認会議も無事に開かれ、各寮の次期寮長が、現寮長たちによって承認された。これで晴れて新寮長が決まる。慧も他の寮長と同様、寮長の座から降り、次期寮長へと権限を移す儀式を、校内にある礼拝堂で厳粛に執り行った。

すべてが五百年の月日をかけて受け継がれてきた伝統であり、そしてまたその伝統を未来へと繋《つな》げていくものだ。

儀式が終わり、聞き慣れた礼拝堂の鐘の音を耳にする。この五年間、当たり前のように聞いていた鐘の音が、もうすぐ聞けなくなると思うと、去りがたい思いが強くなる。

慧にとって、この五年間は、まさしく青春だった。大人じみた子供と言われ、自分でもそのつもりでいたのに、この学校で過ごした日々は間違いなく『青春』そのものだった。

「校長の月曜日の朝の説教を聞けないのまで寂しく感じるとは思ってもいなかったな」

「慧、それは重症だぞ」

ウォーレンらと談笑しながら寮へ戻ると、サロンではファグたちが慌ただしく新寮長を祝うアフタヌーンティーの準備をしていた。だがそこにシャディールの姿はなかった。

「あれ？　シャディールは？」

慧がファグの一人に尋ねると、すぐに答えが返ってきた。

「すみません。お国のほうから知人が急に押し掛けてきたそうで、今、来客中です。オルゲが代わりにお茶の用意を手伝ってくれています。あ、オルゲ！」

オルゲがサンドイッチの載ったプレートを持ってサロンに入ってきたところへ声を掛ける。今まで説明していたファグの下級生は、オルゲと交代とばかりに、また急いでお茶の準備に戻って行った。

監督生が次々とサロンに戻って来るのだ。ファグらは協力し合って、お菓子やサンドイッチ、ケーキなどを揃《そろ》え、申し分のない温度の紅茶を出さなければならない。もはやサロンはアフタヌーンティー戦争の戦場と化していた。

「申し訳ありません。殿下は今、突然の来客で、代わりに私がファグとして寮長を補佐するように言われております」

「この時期に国から突然の来客とは、何かあったのか？」

「いえ……」

オルゲの表情が曇った。その理由が気になる。

「どうした？」

彼の視線が床に向けられた。言いたくないのかもしれないが上級生の言葉に逆らうことができず、葛藤《かっとう》しているようだった。

「何をそんなに躊躇《ちゅうちょ》しているんだ？　言えないことなら、別に無理をして言わなくてもいいぞ。もし国の有事ならば、私が口出しすることではないからな」

「あ……いえ、そうではありません。あの……大変言いにくいのですが、この春期休暇で知り合った、殿下の新しい恋人で……まだ教育ができておらず、こちらの不手際《ふてぎわ》でロンドンまで押し掛けてきたのでございます。お見苦しいところをお見せし、申し訳ありません」

「相変わらずもてるのだな。あいつもさっさと結婚してしまえばいいのに」

「あ、いえ……新しい恋人は男性で……」

「男性……?」

自分でも驚くほど冷たい声が出た。目の前のオルゲも慧の声色《こわいろ》に気づいたようで、顔を上げた。

「あ、いや、すまない。相変わらず男女構わず遊んでいるのかと呆《あき》れてしまった。四学年に進級したら監督生に就任することが決まっているのだから、シャディールには下半身の事情も含め、もう少ししっかりして欲しいところだな」

「はい、そのように殿下にもお伝えしておきます。では……」

オルゲはそのまま準備へと戻って行った。慧は動くことができず、オルゲの背中をずっと目で追うしかなかった。彼が慌ただしく働く姿をしばらく無言で見つめ、そしてようやく頭が動き出した。

男性の新しい恋人。しかもこの春期休暇で出会った――。

途端、慧の胸がきつく締め付けられた。呼吸もどこか苦しい。慧のことを愛していると言いながら、素知らぬ顔で別に男の恋人を作っていたのだ。

女性ならまだ仕方ないと思えたかもしれない。しかし慧と同じ、将来共に歩けないとわかっている男性を、彼が新しく選んだことに、少なからずショックを覚えた。

男は自分だけだと思っていた。他の男を恋人にするとは思っていなかった。

どうして――――？

そしてようやく気づいた。オルゲに命を狙われた頃から、シャディールと距離を置いていたこともあり、一緒にいる時間が減った。春期休暇を一緒に過ごさなかったのは、慧が避けていたのもあるが、彼が強引に押し切ってこなかったからでもある。

――――そうか。

シャディールも慧に飽きてきていたのだ。答えがストンと胸の内に収まる。

「そういうことか……」

何とも滑稽《こっけい》だ。笑いが出てくる。別に付き合っている訳ではない。だが心のどこかでシャディールに愛されている自信はあった。一途《いちず》に愛されていると思い込んでいた。それゆえに別れる時は、自分が振るのだとずっと信じて疑わなかったが、シャディールが慧を振る可能性もあることを見落としていた。

「はっ……」

思った以上に心への打撃が大きかった。ポーカーフェイスは貫けても、心情は激しい波に呑み込まれそうであった。同時に耐えがたい痛みに胸が押《お》し潰《つぶ》される。

でも、いい。これでいい――――。

もうすぐ卒業だ。卒業までに彼との関係を清算したかったのは事実である。自分の思惑とは少し違ってしまったが、後腐れなく別れるには、これが一番いいのかもしれない。

大きく息を吐いて感情を整える。しかしそれでも心が震える。少しだけでもいいので、人目を避けるためにサロンから出たかった。

慧は近くにいたウォーレンに声を掛けてサロンを少し抜けることにした。

「ウォーレン、礼拝堂に忘れものをしたから取りに行ってくる」

「え？　ファグの誰かに取りに行かせればいいだろう？」

「彼らはティータイムの準備で忙しいんだ。手を煩わせたくない。すぐ戻る」

引き留められたくなくて、慌てたふりをしてサロンから出た。そのまま寮の中を歩き、今は誰もいないだろう礼拝堂へと向かった。

サロンへ戻ったら、腕時計を忘れたとでも言えばいいだろう。言い訳を考えながら歩いていると、青年の声がした。それだけなら歩みを止めないが、その声が聞き知っている名前を呼んだため、慧の足がつい止まってしまった。

「リエーフ！」

ロシア語でライオンを意味する単語は、シャディールの母親が愛称で使っているもので、ごく近しい者しか呼ばないと聞いているものだ。

慧は声のするほうへ目を向けた。すると来客室から廊下へ出てくるシャディールの姿が見えた。彼は部屋の中にいた青年から呼ばれたため、ちょうど部屋へ振り返っていたので、運よく慧の姿には気づいていないようだった。慧はすぐに柱の陰に隠れる。

「リエーフ、ここまで追ってきてしまったことは謝るよ。だからそんなに怒らないで」

部屋から一人の青年が出てきた。シャディールより少し年下のようだ。黒い髪に黒い瞳、そしてアラブ人特有の肌の色をした可愛《かわい》らしい青年だった。

彼が新しい恋人――。

慧の心臓がチクリと小さな痛みを発する。

素直そうで可愛げのある様子は、慧にはまったくない要素だ。そんな彼を新しい恋人に選んだということは、慧は存在ごとシャディールから拒絶されたような気がした。

「カデフ、二度とここに来るんじゃない。わかったな」

「わかったよ、リエーフ」

シャディールをそんなに簡単にリエーフと呼んで欲しくないし、呼ばせて欲しくない。

「っ……」

荒々しい独占欲が慧の胸に渦巻く。慧に気づかない二人は、仲睦《なかむつ》まじく話を続けた。

「じゃあ、次は夏期休暇に。王宮に戻ってくるんでしょう？　一人だよね？」

「ああ、そのつもりだ」

シャディールの中では、長期の夏期休暇も慧抜きで過ごすつもりであったことを、こんなところで知ってしまう。勿論《もちろん》慧自身も彼と一緒に過ごそうとは思っていなかったが、それでも彼からそんな風に言われてしまうと、自分勝手ではあるが、ショックも大きかった。

「ふふ、そうしたらこの夏はリエーフを独《ひと》り占《じ》めできるかな」

「私も忙しい身だ。お前一人だけには構ってやれんぞ」

そう言いながら、お互い抱き締め合い、頰を擦り合わせた。人目があるかもしれない場所なのでキスこそしなかったが、とても親密な空気を漂わせている。

「そろそろ帰るよ。本当に急にごめん。夏期休暇まで我慢できなかったんだ」

「ああ、気を付けて帰れ。校門まで送っていこう」

シャディールに促され、青年は校門へと向かって歩いていった。慧もしばらく二人の背中を見つめていたが、思いを振り切るように視線を外し、彼らとは反対方向に歩き出した。

もう終わったのだ。ヴィザール校での学園生活と共に、彼のことは胸の奥にしまったほうがいい。自分にはアメリカでの大学生活が待っている。後ろを振り返るのはやめて、前

を見つめて進んでいこう……。

涙も出なかった。いや、涙するようなことではない。

慧は自分にそう言い聞かせ、前を向いた。


そして三週間は瞬《またた》く間に過ぎ、慧は卒業を迎える。

あれから何度かシャディールと話す機会はあった。だが慧は敢《あ》えてあの青年のことを聞かなかったし、シャディールも言わなかった。それでも躰の関係は続けた。最後まで彼とはセックスフレンドで、それ以上でも以下でもないことを、意地でも貫き通したかったからだ。

そこに恋愛感情はない。だから彼に恋人ができようが関係なかった。そしてお互いの熱を消化し合うだけの繋がりであることを、心に刻み込んだ。


卒業式も終わり、慧は自室に荷物を取りに戻った。今日、この寮ともお別れだ。卒業と共に退寮する。

去る時も、この寮に来た時と同様、スーツケース一つだった。勿論多くの荷物は既に日本へ送っていた。部屋をもう一度改めて見回す。ふとポケットに手を入れると一枚の紙切れが入っていることに気が付いた。そっと確認すると、何も書かれていない真っ白な紙切れだった。

何だろう……？

いつからこの紙切れがポケットに入っていたのかもわからない。不審に思っていると、部屋に寮生らがやってきた。

「ご卒業おめでとうございます！」

「寮長、卒業後もぜひ学校へ顔を出して下さい」

「寮長、卒業しないで下さい！」

下級生がわらわらと集まってくる。慧よりも大きな下級生もいるのだが、子供のようにしがみついてきた。

「こらこら、もう私は寮長じゃない。それに卒業できなかったら、それはそれで困る。皆、笑顔で見送ってくれ」

「寮長！」

「寮長、慧！」

下級生に紛れて同じ卒業生である寮生もが、冗談でしがみつき、もみくちゃにされていると、ウォーレンがいつの間にかそこにいた。

「慧、迎えの車が来たぞ」

「ああ、ありがとう」

今日は帰国する前に一旦《いったん》、ウォーレンのタウンハウスに泊めてもらう予定だった。

「そういえばシャディールはどうしたんだ？　先程から姿が見えないが……」

ウォーレンが辺りを見回すと、オルゲが返事をした。

「申し訳ありません。つい先程国から急用の電話があり、今、外で通話しております。もうすぐ戻るかと思うのですが……」

その返事を聞き、慧はチャンスだと思った。彼が戻って来ないうちに、ここから去りたい。彼の顔を見たら、涙を零《こぼ》してしまいそうな予感がした。

「仕方ないな。車を長く待たせるのも悪い。行くか。シャディールにはオルゲ、君から宜《よろ》しく伝えておいてくれ。また創立祭には顔を出すよ」

「わかりました。殿下にはそのようにお伝えしておきます」

オルゲが深々と頭を下げる。その姿を見て、ほんの少し前なのに慧の命を狙った頃が懐かしく思えた。

シャディールの気持ちが慧から遠のいたことで、オルゲの殺意も薄まったのを肌で感じる。銃を持ち出された時は背筋が凍る思いもしたが、あれだけの忠誠心を持っているオルゲなら、この先もシャディールのことを守ってくれるだろうという安心感もあった。

慧は皆に見送られ、車に乗った。

「慧、せっかくだから学校を一周して行こう。しばらくは見られない光景だからな」

隣に座ったウォーレンがそう提案し、運転手に指示すると、車が動き出した。

まだ学校には多くの卒業生が残っていた。皆が名残惜しく、去りがたいのだろう。

見慣れた風景を車窓から覗《のぞ》き、学校の裏手へと回る。こちらは自然がそのままになっており、緑に囲まれ、競技ボートなどで使う川が流れていた。

『スプリング・ウィーク』がつい昨日のことのように思える。

懐かしんでいると、川沿いのボートの道具をしまう小屋にちらりと黒い人影が見えた。

「っ……」

シャディールだった。

彼がこんな場所に人目を忍んで立っていることに疑問を抱く。国から緊急の電話が掛かってきていたはずなのに、どうしてここで一人、寂しげに空を見上げているのだろうか。

ウォーレンは他に気を取られているのか、シャディールに気づかない様子で、反対側の車窓を眺めている。慧はウォーレンに気づかれないようにしながらも必死でシャディールの姿を目に焼き付けた。その時だった。

一瞬、彼の蒼い瞳がこちらを向いたような気がした。途端、彼の目が見開かれる。

声が出そうになった。シャディールの名前を叫びそうになり、慧は息を呑んだ。しかしすぐに車窓は移り代わり、シャディールの姿は掻《か》き消《け》されていった。

好きだった――。たぶん初めて本気で好きになった相手だった。こんな別れ方をしていい相手ではなかった。

「意地ばかり張って……私は莫迦だな」

「ん？　何か言ったか？　慧」

ウォーレンが尋ねてくるが、慧は軽く首を横に振って応《こた》えた。

もう後悔しても遅いのだ。このまま前を向いて行くしかない。

慧は前を見据え、五年間青春を過ごしたヴィザール校を後にしたのだった。

その後、慧はシャディールに会うことはなかった。シャディールは四学年生に進級したものの、個人的な理由ですぐに退学し、慧の情報網から綺麗に姿を消したからだ。卒業後も慧は何度かエドワード寮を訪れたが、やはりシャディールに会うことはなかった。

捜せば消息は摑《つか》めたかもしれない。だが慧はシャディールを捜すことを一切しなかった。彼からなら、慧に会うことなどたやすいはずなのに、彼からは一度も会いに来なかったのだ。

それは彼が本当に慧への興味を失ってしまったことを示す。
結局、慧はシャディールとの思い出すべてを封印すると決めた。
そして彼と音信不通になって、六年もの歳月が流れることになる――。

◆

Ⅲ

◆

酷《ひど》い砂埃《すなぼこり》だった。空港からタクシーに乗り換え、須賀崎慧《すがさきけい》は、ここアラブの一国、デルアン王国の首都、デュアンへと入った。

慧も既に二十四歳となっていた。ヴィザール校時代は華奢《きゃしゃ》で少年から青年へと移り変わっていく狭間《はざま》の何とも危うい美しさを秘めているとか、眉間《みけん》に皺《しわ》を寄せたくなるような評価をされていた慧だが、あれから六年と少し、華奢なのは相変わらずだが、精神的な芯《しん》の強さが見える大人の男へと成長していた。

「お客さん、デルアンには仕事ですかい？」

インド人らしき運転手が声を掛けてきた。

「ああ、しばらくこの国に滞在するよ」

そう答えると、気のいいドライバーは町の名所や美味《おい》しいレストランの話をし始めた。

首都デュアンに入ると、綺麗《きれい》に舗装された道路が、高いビルの合間のあちこちに走っているのが目に入る。それこそ欧米諸国と変わりない街並みだ。

だが、首都の四方を囲む砂漠から、砂嵐《すなあらし》で大量の黄色い砂がやって来たばかりとのことで、道路の上にまるでシュガーパウダーのように細かい砂が降り積もっているところは、さすがにここがアラブの一国だと思わせるものとなっていた。

砂が降り積もった上を車が通るので、そのたびに砂が舞い上がり、空は霞《かす》みがかり黄色い薄い膜に覆われているかのように見えた。

「デルアン王国か……。来たくはなかったな」

思わずしみじみと呟《つぶや》いてしまう。

どうしてここに来てしまったんだろう……。シャディールの国なんて、絶対縁がないと思っていたのに……。

慧は大きな溜《た》め息《いき》を吐《つ》き、自分の運命を呪《のろ》った。

慧はハーバード大学を卒業後、そのまま誰もが羨《うらや》むアメリカに本社がある多国籍テクノロジー会社にコーディネーターとして就職した。だが、すぐに直属の女性の上司からセクハラを受けるようになり、更に不倫だという間違った噂《うわさ》も流れ、その上司が左遷されるというアクシデントに見舞われた。

部下であった慧は、上司からのパワハラという見方をされ、不倫が事実無根の話であることも認められ、そのままの地位での雇用継続となった。

だが、一度流れた噂はなかなか消えない。しかもそれがなかなかの美貌《びぼう》の持ち主、慧なのだから、女性社員も放っておく訳がなかった。

噂話に尾ひれも付き、次から次へと女性や時には男性にまでも告白され始めたのだ。

その告白を断り続けた結果、あまりにも会社の居心地が悪くなったのと、ヴィザール校からの腐れ縁で親友でもあったウォーレンから、彼の父親の会社で働かないかという誘いもあり、慧は僅《わず》か一年で転職をすることとなった。

ウォーレンの父親は世界的規模の大手ゼネコンの社長であり、ウォーレンもまたそこで働いていた。慧はここでもコーディネーターとして雇われ、既に一年が経《た》っていた。

クライアントとセッションするのが主な仕事内容なのだが、まだ一年。色々と半人前の中、今回デルアン王国への海外赴任が決まったのだ。慧がアラビア語をまあまあ話せたのも任命された理由の一つだったと聞く。

アラビア語が話せるようになったのもシャディールが関係している。ピロートークから始まったアラビア語講座は、いつの間にかシャディールによって結構本格的になり、慧も日常会話ならほとんど困らない程度には上達してしまった。

不本意であったが、社会人になると、アラビア語が話せるのはかなり有利にはなったので、結果的には慧の武器の一つとなった。今回はデルアン王国で高速道路を建設する予定である。計画通りに工事が進むよう本社と現地の社員、そしてクライアントの間の意見を調整管理し、未然にトラブルを防ぐのが慧の仕事だ。

慧は現地法人が入っているビルのエントランスの前でタクシーから降りた。見上げれば、ガラス張りの背の高いビルがぎらぎらとした強い日差しに照らされて建っている。

デルアン王国では外国人が働くためにはデルアン国籍の保証人と保証料が必要で、そのどちらが欠けても仕事ができないことになっていた。そのため慧もまずはデルアン王国での保証人との契約を済まさねばならない。

デルアン国民のほとんどが働かなくとも生活に困らないのはこの制度のお陰だ。

実にデルアン王国に在住している人間の八割が外国人であり、残りの二割のデルアン国民が、その八割の外国人から保証料を受け取っていることになる。

それはかなりの収入となり、その制度を設けているハディル王家に対しての国民の好感度は高い。王族の支持率が高いのも頷《うなず》けるものだった。

外国人が働くには少々面倒であるが、それ以上のメリットがあることも確かで、近年、外国人が大勢入ってきているのも、この国の特徴だ。慧もこのビルにある事務所で、保証人になってくれるデルアン人と面会することになっていた。

「え？　保証人が見つかっていない？」

さすがデルアン王国にある事務所と言うべきだろうか。ホテルのスイートルームの一室のような豪奢《ごうしゃ》な応接室に通され、早速社員から思ってもいなかったことを告げられた。

「はい、何人かに当たってみたのですが、全員に断られておりまして、未《いま》だにミスター・須賀崎の保証人が見つかっていないのです。本社には連絡を入れておりましたが、ミスターのところにはまだ連絡がいっていませんでしたか？」

「残念ながら来てないです。今から本社に連絡をしてみます」

時差もあるだろうから、すぐに連絡が来ないとしても、ここまでやって来て、保証人が決まっていないとなると、いつから仕事ができるのか見通しが立たない。既に明日からクライアントとの打ち合わせなど、スケジュールを組んでいるのだ。赴任早々、キャンセルするのは印象が良くない。早速のトラブルに小さく溜め息を吐いて、慧はアメリカ本社へと電話をした。だが八時間ほど時差があるので、数コールしても誰も出ない。

仕方ない。ウォーレンを叩《たた》き起《お》こすか……。

続いてウォーレンのプライベートナンバーへと電話を掛け、コール音を聞いていると、スマホを当てている耳とは逆の耳に、何やら騒々しい音が聞こえてきた。

何だろう？

事務所の人間の態度から上層部の誰かが来たような感じである。そうであるならば、一度挨拶《あいさつ》をしなければならないので、慧は掛けた電話を切ろうと――、

「慧」

「え……」

　一瞬、時間が止まったような錯覚を覚える。ドアが開いたそこには、白い民族衣装を纏《まと》ったシャディールが立っていた。慧の心臓が途端、ギュッと収縮し、痛みを発する。

　六年間、ずっと忘れていた、いや忘れようとしていた男。

　彼の名前を口にしようとしても、唇が震え、上手《うま》く言えない。するとスマホがやっとウォーレンに繋《つな》がったようで、スピーカーから彼の声が聞こえてきた。

『慧、どうした？　こんな早朝に……』

　ブチッ。

　あまりのことに、慧は思わずスマホの通話を喋《しゃべ》ることなく切ってしまう。目の前で起きたことに驚きを隠せなかったのもあるが、とりあえずウォーレンに今から起こることを聞かせたくないという思いがそうさせた。

　シャディールは自分の後ろにいたＳＰらしき男たちを下がらせると、更に一歩、慧に近寄った。彼の美しい金色の髪が白いクーフィーヤの下から一房《ひとふさ》零《こぼ》れ落《お》ちる。

　慧は彼から目が離せないでいた。パブリックスクール時代よりもシャディールは更に男ぶりを上げていた。纏うオーラも学生時代とは比べようもないほど強い。それに以前より、どこか獰猛《どうもう》さを伴った危険な色香を漂わす男にもなっていた。

　この国に来た時から、心の中でどこかでシャディールと会うかもしれないと思っていた。しかしこうやって初日に彼に会うのは予想外であったたし、こんなにも衝撃を受けるとも思っていなかった。彼の蒼《あお》い双眸《そうぼう》がゆっくりと細められる。それはまるで肉食獣が獲物を見繕っているようにも思えた。

「久しぶりだな、慧。相変わらず綺麗だな」

親しげに話し掛けられ、六年間という時間が瞬《また》く間に縮められる。

「シャディール……殿下。お久しぶりです」

一瞬、昔のように呼びそうになったが、どうにか『殿下』と付け加えることができた。

「以前のようにシャディールと呼べばいい。お前に殿下と呼ばれると、躰《からだ》が痒《かゆ》くなるぞ」

「お互い社会人になったのですから、一国の王子を呼び捨てにすることなどできません」

「呼べばいい。命令だ、慧。それに敬語もいらない。昔のように話せ。さもなくば不敬罪で逮捕するぞ」

笑顔でさらりと恐ろしいことを言われる。どこまで冗談なのかわからないが、そこまで言われるなら仕方ない。慧はすぐに砕けた言葉に直した。

「……わかった。じゃあ、早速言葉遣いを昔に戻そう。シャディール、まず聞きたいんだが、どうして君がここにいるんだ？」

突然現れたシャディールに警戒をせずにはいられない。慧が問うと、シャディールは視線だけで人払いをした。応接室からスタッフやシャディールが連れて来た人間が出て行く。残されたのはシャディール本人と慧だけだ。

シャディールはドアが閉まったのと同時に、部屋のソファへと鷹揚《おうよう》且《か》つ優雅に座り、慧の質問に答えた。

「お前の保証人がいなくて困っていると聞いたからだ」

慧も彼の正面へと座った。

「君が探してくれるのか？」

「ああ、もう探したよ。とても信頼のおける人間を手配した」

「本当か！」

厄介《やっかい》なトラブルが一気に解消することを素直に喜んだ。シャディールを一瞬でも胡散臭《うさんくさ》いと思った無礼を心の中で詫《わ》びる。ヴィザール校時代は色々あったが、彼のそれまでの恋愛遍歴を考えれば、仕方ない結末だった。少しだけ本気になり掛けた自分が悪いのだと、この六年間で悟った慧である。

「急がせて悪いが、今日、その保証人と会うことはできるだろうか。明日から仕事が入っているんだ。できれば一刻でも早く、保証人の契約をしたい」

「ああ、できるさ。私がお前の保証人だからな」

「え？」

脳が理解するのを拒絶したのか、彼が何を言ったのかまったく頭に入ってこなかった。

何か大切なことを聞き落とした気がする。

「すまない。今、何て言った？　もう一度言ってくれないか」

「久々の再会に感動しているのか？　お前の保証人は私だと言った」

「な――――」

「慧、契約しよう。私が保証人になるからには、この国でのお前の待遇はそれ相応に上がるぞ？」

「お断りします」

考えるよりも先に、素直に気持ちが口を衝《つ》いて出た。

「は？」

シャディールが驚いた顔を見せる。彼も断られるとは思っていなかったのだろう。

「断ると言っている。大体、王子の保証人なんて手に余る。詮索《せんさく》されるのがオチだ」

「それは私たちが、かつてセックスフレンドであったことを知られると困るということか？　慧、別に照れなくともいいぞ？」

デリカシーのない言葉に、慧は黙って睨《にら》みつけた。部屋には誰もいないが、そこのドアに張りついて、聞き耳を立てられていたら堪《たま》ったものではない。慧は顔が歪《ゆが》みそうになりながらも、言葉を続けた。

「そういうことも含めてすべてだ。君も私もヴィザール校の模範生で、ファグとそのマスターの関係だ。それ以上何もない。いいな」

きつく言ったつもりなのに、シャディールが楽しそうに笑みを浮かべた。

「相変わらずだな、慧。私にそんな口を利く人間は多くはないぞ？」

「君がさっき昔のままでと言ったんだろう？　今更、敬語には戻せないからな。君は私のファグだったんだ。口調もこんな感じになってしまう」

慧が言い訳がましいことを口にすると、シャディールがソファから立ちあがった。そして慧の横へと座り直してきた。

「シャディール？」

彼から離れようと躰を動かすと、手首をきつく摑《つか》まれた。

「そうだな、慧。お前のお陰で私はすっかり奴隷気質が身に付いてしまったよ」

「人聞きの悪いことを言うな」

手首を取られたことで少し動揺していると、その手を引き寄せられ、そして指先に口づけられた。

「お前が何を言っても可愛《かわい》いとしか思えない。尽くしたくなる――」

上目遣いで見つめられ、その目力に心臓を鷲摑《わしづか》みされそうになった。『人誑《ひとたら》し』の才能は今も健在のようである。

「……だから、そういうのはやめよう。お互い責任のある大人になったんだ。子供の頃のままという訳にはいかないだろう？」

そう言いながら、摑まれた手を取り返す。彼の指は案外簡単に外れた。

「では、お前は私以外の人間を保証人にしたいと言うのか？」

少し不機嫌を滲《にじ》ませた声色《こわいろ》に変わるが、気づかぬふりをして会話を続けた。

「できれば。仕事にあまり影響しない立場の保証人がいい」

「無理だな。この国ではお前の保証人をするような人物は一人もいない」

思いも寄らない言葉に、慧は身を前に乗り出した。

「どういうことだ？」

「そのままの意味だ」

彼が人の悪い笑みを浮かべた。それで慧はこの一連のトラブルに、彼が一枚嚙《か》んでいることに気づく。

「……シャディール、まさか君、裏で手を回して、私の保証人になる人物に圧力を掛けたっていうんじゃないだろうな」

「別に圧力を掛けてはいない。だが誰も私がなりたがっている保証人を横から奪おうなんて思わないだろうな」

「そういうのを、圧力を掛けていると言うんだ」

「仕方がない。私はそういう立場の人間だ」

「開き直るな」

「開き直るさ。お前が手に入る唯一のチャンスだからな。どうやっても逃す気はない。開き直ることでそのチャンスを得られるのなら、どこまでも開き直るさ」

「手に入るって……私はものじゃないぞ」

「ああ、ものじゃない。だから私も手こずっているんじゃないか。お前がものだったら、どんなに良かったか……。ものならそれなりの大金を積んだら手に入れられるだろう？」

蒼い焔《ほのお》を閉じ込めたような深い色をした彼の瞳《ひとみ》がじっと見つめてくる。狂気が見え隠れしているような色合いに、慧は思わず息を呑《の》んだ。

「私にしておけ、慧。保証人はこの国で働くためには絶対必要だ。お前の住居もすべて私が用意する」

住居もすべて――――？

囲うということだろうか。その言葉に、学生時代、簡単に新しい恋人へ心変わりをしていったシャディールを思い出してしまう。

あの時の可愛らしい青年とも既に別れてしまったんだろうか……。

口に出して聞いてみたかったが、あの頃、実は新たな恋人の存在に気づき、それに傷ついていたことをシャディールに知られたくなく、口を噤《つぐ》む。当時、彼に心が傾いていたことなど、今になったら絶対知られたくない過去だ。墓場まで持って行かなければならない秘密である。慧はきつく拳《こぶし》を握り締めた。

「私の傍《そば》で暮らせばいい。もう誰にも邪魔をさせない」

「……それは以前のようなセックスフレンドになれと？」

シャディールをきつく睨み返す。この男は慧の気持ちをまったく理解していないし、本当にデリカシーの欠片《かけら》もなかったと改めて思い出す。

「お前がそう考えるほうがいいのなら、それでもいい。今はそれ以上のものは求めないさ」

「断る」

「どうしてだ？　ヴィザール校で私たちはいい関係だったじゃないか」

「あくまでもファグとファグマスターという関係までだ」

「頑固者め」

溜め息交じりに呟かれ、思わず慧の眉間に皺が寄った。

「どちらが、だ。とにかく君とどうこうなるつもりはない。公私混同せずに、早く保証人を紹介してくれ。君のせいで会社に大きな損害が出てしまうだろう。そんなことになったら、責任をとってもらうからな」

「ああ、それはいい考えだな。喜んで責任をとろうじゃないか。損害賠償の請求をしてくれればすぐに払おう。それに慧がリストラにあっても、私が引き受けるから問題ない」

「問題は大ありだ。君は王子だから仕方ないかもしれないが、社会人を舐《な》め切《き》っている」

「フン、王子だから舐め切っていて、すまないな」

「だから開き直るな、はぁ……」

慧はこれ見よがしに大きな溜め息を吐いて、片肘《かたひじ》をつく。ちらりと片目だけを開けてシャディールを見上げると、彼が楽しそうに口許《くちもと》を歪めていた。

王子相手にこんな言い方も大概だとは思うが、昔のままでいいと言われてしまえば、ファグマスターの頃の口調で話してしまう。しかしシャディールにとっては、この言い方が気に入っているようで、とても楽しそうだ。昔取った杵柄《きねづか》と言うのか、シャディールのちょっとした表情の変化からでも、彼の気持ちが何となくわかるのだ。

「慧、考えてみろ。私を傍に置いておくと、色々と便利だぞ？」

どうやら口説く方法を変えたようだ。無言でシャディールの顔を見つめ、話を促した。

「まずはお前の周りにいる煩《うるさ》いハエを追っ払ってやることができる」

「ハエ？」

「キャサリン嬢」

慧が大学時代に付き合っていた彼女の名前をいきなり言われ、驚く。

「彼女からお前に告白して交際をスタートさせたのに、一週間後には彼女が二股《ふたまた》を掛けていたことが発覚」

シャディールの得意気に語る姿が気に入らないし、肯定もしたくない話題だった。

「……調べたのか？」

シャディールは答えなかったが、調べたのだろう。慧は眉《まゆ》を僅かに顰《ひそ》める。

確かにキャサリンは大学時代に付き合った女性であったが、二股を掛けられていたことがわかり、結局二週間で別れた。

「その次は財産目当ての女だったか？　お前がヴィザール校出身とわかった途端、出会った初日から服を脱ぎ出して、既成事実を作ろうとしたらしいな。未遂でよかったな」

あの時はトイレに連れ込まれて、いきなり慧の上で服を脱ぎ出したところを、火災報知器が誤って鳴りスプリンクラーが作動し、二人してびしょ濡《ぬ》れになった。その後、大勢の人がやって来て、うやむやになってしまったのだ。

「……どうして知っている」

己《おのれ》の黒歴史をシャディールに知られたショックで声が震えそうになる。だがシャディールはそんな慧にお構いなしに話を続けた。

「慧、お前が女を見る目がなさ過ぎるから、現実に早く気づくように、少し手を加えて、追っ払ってやったんだぞ」

「は――――？」

一瞬思考が止まりそうになるのを、懸命にフル回転させた。

「どういうことだ？　少し手を加える？　シャディール、もしかして私と彼女らが別れるように君が何か画策していたのか？」

それなら学生時代から社会人になってまで立て続けに彼女に振られた理由がわかる。

「最初のキャサリンだが、お前に告白するんだ、どれくらい慧のことを愛しているか、モデルの男を雇って言い寄らせてみたら、簡単に誘いに乗るような女だった。尻軽《しりがる》さから考えても慧には相応《ふさわ》しくない。それに既成事実を作ろうとした女はもっての外《ほか》だ。火災報知器を鳴らさなかったら、お前の精子を無駄遣いするところだったぞ。あと、他にも色々とくだらない女によくも何度も飽きもせずに引っ掛かったな。お陰で彼女らを追い払うのが大変だった」

この六年間、恋人はできても長続きしないことに少しばかり悩んでいたというのに、これでは悩み損だ。文句を言おうと口を開き掛けた途端、彼が急に真剣な声で一言告げた。

「だが慧、お前は男の恋人は作らなかった」

「え……」

慧の心臓の鼓動が一際《ひときわ》大きく鳴る。慧さえも気づいておらず、無意識に秘めていた感情を、この男が掘り起こそうとしている気がしてならない。

「私に操《みさお》を捧《ささ》げていたんだろう？　気分が良かった」

「捧げる？　莫迦《ばか》なことを言わないでくれないか。私は元々ヘテロで、パブリックスクール時代が特殊な環境だっただけだ」

「なるほど。だが、それでもなかなかいいものだな。私がお前の最後の男というのも」

ソファに背をゆったりと預け、余裕の笑みで答えてくる。思わず眩暈《めまい》を覚え、慧は額《ひたい》に手を置いた。

「君はずっと音信不通だったのに、裏で人の恋路の邪魔をして、何を莫迦げたことをしているんだ?」

「莫迦げたこと? 何を言う。寧《むし》ろ私に感謝して欲しいくらいだ。お前の魅惑的な尻《しり》をどれだけ金をかけて守ってきたか。多くの人を雇って涙ぐましい努力をしてきたんだぞ」

「違うことで努力しろ。そのほうが君の国民も喜ぶはずだ」

「それはいつも喜ばせているからいい。だから慧、『素敵、シャディール』と言ってもいいんだぞ?」

「誰が言うか。寧ろ顔を洗って出直して来いって言ってやる」

それに――――。

一瞬言うのを思いとどまったが、もう言ってしまえと思い直し、言葉を続けた。

「それに、私ばかりに構っていていいのか? 君には他にも恋人もどきがたくさんいるんだろう? 早く帰ったほうがいい」

嫉妬《しっと》していると誤解されないように、極力さらりと軽く言ってやる。するとシャディールは心底意味がわからないという顔をして尋ねてきた。

「恋人もどき？　誰のことだ」

「ふん、誰かわからないほどいるらしい」

慧の眉間に皺が寄った。ポーカーフェイスを貫きたいのに、シャディールのことになると、すぐに表情が崩れてしまう。

「いや、思い当たる人物が誰もいないから、わからないんだが？」

「不誠実だな、まったく」

「それについては完全に否定はできないが、お前にはいつも誠実に接していたつもりだったが？」

どこが……。

そう思いつつも、これ以上会話を続けると、どんどん自分が墓穴を掘っていくような感じがし、慧は話題の軌道を修正した。

「シャディール、とにかくこんな嫌がらせはやめてくれ。保証人も君の力ならすぐに見つけ出せるんだろう？」

「どうだろうな、難しいかもしれない」

まったく難しくないだろうに、そんなことを嘯《うそぶ》くシャディールを忌々《いまいま》しく睨んでいると、ドアがノックされた。

「殿下、そろそろお時間が……」

「ああ、わかった」

シャディールはすっと立ち上がり、慧を見下ろしてきた。

「慧、今日はこれで帰る。気が変わったら連絡をくれ」

「気が変わったらって……」

文句を言おうとするも、シャディールは再び慧の指先を掴み上げ、チュッと音を立てて軽いキスをしてきた。お陰で言葉を失う。

「またすぐに会える」

シャディールはそのまま白いトーブを翻《ひるがえ》し、ＳＰを引き連れて、来た時と同様、嵐のように去って行った。

＊＊＊

慧はシャディールがいなくなってすぐにウォーレンに電話を掛け直した。

「一体、どうなってるんだ、ウォーレン！」

『慧、早朝から耳元で怒鳴るなよ。八時間の時差があることを忘れてないか？』

さして緊張感のない声に、慧の怒りは増すばかりだ。

「君こそ、私に大切なことを言うのを忘れていないか？　保証人が決まってないなんて聞いていないぞ。お陰でシャディールに半分脅されたぞ」

『え？　シャディールと会ったのか？　彼、とうとう我慢できずに憧《あこが》れのファグマスターだったお前に会いに来たか……』

　こちらは赴任早々のトラブルで気分を害しているというのに、そんな風に感慨深げに言われ、ウォーレンと慧の気持ちに温度差がかなりあることを思い知らされる。

「茶化すな。それよりも保証人がいなかったらどうするんだ？　私は仕事じゃなければこの国に長く留《とど》まる気はないからな。アメリカに帰るぞ」

　シャディールが出てきたからには逃げるしかない。関係を絶って六年も経ったのだから、何でもないと思い込もうとしていたが、彼の一挙一動に心を揺り動かされる自分がまだいることに、今日気づいてしまった。

『おいおい、待てよ。慧がこの仕事から抜けたら、クライアントから大クレームが来る。慧がもてなすことで、この仕事、うちのゼネコンが落とせたと言っても過言じゃないんだからな。保証人はシャディールにしろ。会社命令だ』

　ここでまた新たな頭痛の種が明かされる。

「……ウォーレン、どこのひひじじいに私を売った？」

『売ったなんて人聞きの悪いことを言うなよ。これくらい慧の器量で上手く逃げられるだろ？　のらりくらりと躱して大金を分捕ってこいよ。今回は給料の他に出来高も上乗せするって言ってあっただろう？』

学生時代からの悪友は本当に危ないことはさせないが、こういう冗談絡みのような仕事をたまに持ってくる。今回もその一つのようだ。

「どうりで気前がいいと思ったよ」

『上手い話には裏があるってことだ』

「自分の会社に騙《だま》されるとは思っていなかったがな」

『まあ、固いことを言わずに。それにシャディールも何かしら勘付いたから、わざわざ出てきたんだろうし。あいつを保証人にしておけば、ひひじじいも簡単には手を出してこないだろう。一石二鳥じゃないか』

「……冗談じゃなく、本当にひひじじいなんだな」

『アラブの金持ちじじいだ。奥さんも三人いるらしいから、四人目にされないようにな』

「されるか」

まったく……と言いながら現状を整理する。

シャディールとあまり接点を持ちたくないのが本音だが、保証人がいない状態ではこの国で働くことは認められていない。それにクライアントに厄介な人物がいるらしいことも わかった。会社命令もあり、このままシャディールに保証人を頼むのが最善であることは、慧にもよく理解できる。だが――。

「ウォーレン……やっぱりシャディールが保証人なのはあまり気が進まない」

『慧、子供のようなことを言うなよ。お前らしくないぞ。これは社を挙げての大プロジェクトなんだ。俺も後から応援に向かうから、ここは私情を挟まず、しばらく我慢してくれ』

ウォーレンのいつもの茶化した声ではなく、真剣味を帯びた声がスマホから聞こえてきた。確かに今後のことを考えても、このクライアントの機嫌を損なうことは避けたい。自分ならそつなくセクハラを躱し、クライアントの機嫌がとれ、事業を成功に導ける自信がある。

「はぁ……貸しだぞ、ウォーレン」

『わかった。今度何か埋め合わせをするよ、慧』

軽やかなウォーレンの声に、もしかして嵌《は》められたのかもしれないと思ったが、事業を成功させるためには仕方のない選択なのだと自分に言い聞かせ、電話を切ったのだった。

＊＊＊

デルアン王国の首都、デュアンの中心部から少し離れた東部に、彼、シャディールの宮殿があった。

小高い丘に悠然と建つ白亜の宮殿は、太陽の光を燦々《さんさん》と浴び、光り輝いているようにも見える。

デルアン王国では成人した王子であれば、自分の宮殿を持っても構わないことになっていた。勿論《もちろん》、そのまま国王の王宮に暮らしている王子もいる。国土が広いこともあり、かなり多くの王族の宮殿が首都に限らず、あちらこちらに点在しているらしい。

会社のスタッフの話によれば、シャディールは、王宮に暮らす国王の第三夫人である母に寂しい思いをさせないようにと、王宮の近くに居を構えたらしい。スタッフの皆がシャディールを優しい王子と讃《たた》え、彼の人気も上々だった。外面《そとづら》の良さはヴィザール校で培《つちか》われたようで、ファグマスターとして喜ぶべき点かもしれない。

翌日、慧はアポイントをとり、保証人の契約をするためにシャディールの宮殿まで来ていた。昨夜、滞在先のホテルで悶々《もんもん》として過ごしたが、背に腹は代えられないと決心したのだ。こちらからお願いする形になるのは忌々しいが、腹を括《くく》ってここまで来た。

シャディールの公務が少し遅れているということで、慧は通された客間で出されたお茶を飲んでいた。

デルアン王国は脱石油を掲げ、空港や港、道路などのインフラを整備し、近代化をいち早く成功させた国である。更に外資を誘致するために経済特区を設けているので、世界中から企業がこの国に進出してきている。慧の勤めるゼネコンもその一つだ。

今や、石油だけでなく、建築、観光、貿易、製造、金融など多種多様な経済部門がこの国を支えていた。

切れ者と噂される現国王に、現在外務大臣である第一王子が中心となって政治を行っているらしい。更に他の何人かの王子たちの活躍もすばらしいと言われているのを噂で耳にしている。その中に第六王子のシャディールの名前があるのも知っていた。

慧はティーカップをテーブルの上に置いて、そっと目を瞑《つぶ》る。

二度とヴィザール校の別れで味わった苦しい思いはしたくない――。

思い出すのは、ボート小屋の近くに人目を忍ぶように一人で立っていたシャディールが、寂しげに空を見上げていた姿。そして彼の蒼い瞳が慧を捉《とら》えた瞬間が、忘れられない。

だからこそ今度は心を奪われないと固く誓っていた。今回の出会いはもう一度正しい絆《きずな》を築く機会にすればいいいと思う。

「へぇ？　あなたが慧？」

「え？」

考え事に集中していたせいか、部屋に誰かが入ってきたのに気づかなかった。慧は声のしたほうへと顔を向けた。

「噂はかねがね聞いているよ」

そこには黒い髪に黒い瞳、そしてミルクコーヒー色の肌をした青年がいた。

「カ……」

彼の名前を呼びそうになって、慌てて口を噤んだ。

彼は以前、わざわざ恋人のシャディールに会いにヴィザール校へ来た青年、カデフだ。

まだ付き合っていたんだ……。

躰から一気に力が抜けるような感覚に襲われる。シャディールはとうにカデフとは別れていて、慧の知らない別の新しい恋人がいると、勝手に思っていた。慧とは一年の付き合いだったというのに、彼とは六年も続いていたという事実にショックが隠せない。

「初めまして」

あの頃は可愛らしく守ってあげたいような青年だったが、今は可愛らしさはそのままだが、しっかりとした顔つきになっていた。

「初めまして……。あの、君は……」

「僕は……」

「失礼します」

次に部屋に入ってきたのはシャディールの従者であったオルゲであった。

「オルゲ……」

彼と目が合う。

「ご無沙汰《ぶさた》しております、慧様。イギリスでは大変お世話になりました」

オルゲがゆっくりと頭を下げた。

「君はシャディールの従者を今も務めているのか？」

「はい、ずっと従者をさせていただいております」

「そうか……」

彼ならシャディールの恋愛遍歴も知っているかもしれない。聞ける訳もないが。

「殿下がお戻りになりましたので、このまま殿下の書斎までご案内いたします」

「ああ、ありがとう。申し訳ないが、彼の名前を聞いている途中で……」

慧はカデフのほうへもう一度視線を移した。すると彼がにっこりと笑みを浮かべた。

「カデフだ。ここにはよく顔を出すから、慧ともまた会えると思うよ」

親しげに握手を求められたので、そのまま手を握り返した。この様子からも、わだかまりを感じているのは慧のほうだけだということが窺《うかが》い知《し》れる。先程、彼からは噂はかねね聞いていると言われたが、シャディールは慧と躰の関係があったことをこの青年に話していなかったのかもしれない。

それもそうだ。慧も学生時代、シャディールの過去に恋人がいたことは何となしに感じていたが、具体的に聞いたことはない。それと一緒なのだろう。

「ミスター何と呼べば……」

カデフのファミリーネームを尋ねる。

「カデフでいい。シャディールの友人なら僕の友人でもあるからな。よろしく」

強引に友人にされてしまい言葉に困るが、どうにか社交辞令程度には返事をした。

「あ、はい。こちらこそ宜《よろ》しくお願いします。ですが私はたぶんここにはあまり顔を出さないと思いますので、何かありましたら事務所のほうへお越し下さい」

慧はビジネスカードを取り出し、カデフに渡した。

「ふぅん……そういうことか」

カデフは何かに合点《がてん》したようで、意味ありげに頷きながらそれを受け取ってくれた。

「さあ、慧様。シャディール殿下がお待ちです。急いで下さいませ」

「え？　ああ」

慧はオルゲに促されるまま、客間から出て、シャディールの待つ書斎へと向かった。

潤沢な資金を使い、何もかも豪華なデルアン王国であるが、シャディールの宮殿も古式ゆかしいイスラム建築を現代風にアレンジした、美しく洗練された建物であった。

その宮殿の更なる奥へと連れて行かれる。シャディールの書斎は、今通された客間よりも、もっと宮殿の奥にあるようだ。

大理石でできた回廊が、長方形の中庭をぐるりと囲むように配されている。中庭には大きな噴水があり、彼の愛称のリエーフをモチーフにしているのか、何頭ものライオンの像がその周りに置かれてあった。

回廊には乳白色の大理石の柱が何十本と続いている。その一つ一つの柱の上部には、とても細かいアラベスク模様が彫られ、かなり高度な漆喰細工《しっくいざいく》が施《ほどこ》されていた。

日差しの強いデルアン王国だからこそ、光と影のコントラストが強烈で、庭のライオン像といい、この柱といい、できる影さえも一種の芸術のようだ。だがシャディールが住む宮殿にしては華奢で女性的な装飾である。慧は少し違和感を覚えながらも奥へと進んだ。

くっきりとした黒い影が映る回廊では、使用人があまりいないのか、すれ違う人も少ない。更に時折どこからか聞こえる弦楽器の音色に、ここが外の世界とはまったく遮断された特別な空間であることを感じずにはいられなかった。

繊細なレリーフが施されたアーチを幾つも抜けて、ようやく大きな扉の前へと辿《たど》り着《つ》く。

扉の前の衛兵の姿を見て、シャディールが一国の王子であることを改めて認識する。学生時代、一年間先輩として一緒に生活していたこともあり、つい忘れがちになるが、彼との身分には大きな隔たりがあることを覚えておかなければならない。

オルゲが扉に近づくと衛兵らは無言で道を開けた。

「殿下、慧様をお連れ致しました」

「入れ」

奥からシャディールの承諾の声が聞こえたのを確認し、オルゲは扉を押し開けた。目の前にはとても書斎とは思えない大きな空間が広がっていた。

温かみを覚える乳白色の大理石の床に、豪奢なカーペットが敷かれている。学生時代をヨーロッパで過ごしたせいか、そこにはアラビア式ではなく、欧米式のソファやテーブルなどが置かれていた。正面には目を惹《ひ》く大きなアーチを描いた窓が壁に嵌めこまれており、その窓の向こう側には長方形の大きな人工的な泉を中心とした美しい中庭が見えた。

シンプルで且つ洗練された部屋だった。

「よく来たな、慧」

ゆったりとした民族衣装の白いトーブを着たシャディールがソファから立ち上がってこちらへ近寄ってきた。

「皆、下がるがいい」

シャディールの否を言わせないとばかりの強い響きを持つ声に、誰もが無言で頭を下げ、部屋から出て行く。二人だけになった途端、慧は空気が重くなったような気がした。

「珈琲《コーヒー》でも淹《い》れよう」

シャディールがそう言って、部屋の隅に用意してあったアラビア式の珈琲を、自《みずか》ら淹れ始める。いつも自分で淹れているのか、手際がいい。すぐにカルダモンと珈琲の入り混じった香りが慧の鼻先に届いた。

「ソファに座って待っていてくれ」

それまで立ってシャディールの珈琲を淹れる様子を見ていた慧は、彼の言葉に甘えてソファへと移動した。するとすぐに珈琲が運ばれてくる。

「アラビア式珈琲を淹れるのは得意なんだ。イギリスにいる時、お前にも淹れてやりたかったが、その機会がなかったからな……。ああ、待て。そのまま珈琲の粉が沈むのを待ってから飲むんだ」

慧がテーブルの上に置かれたデミタスカップを手にするのを止められる。代わりにカップを取ろうとして伸ばした手は、シャディールに捉えられていた。

「お前にも知らないことがあるんだな」

「うっかりだ。ああ……シャディール、その勝ち誇ったような顔は何なんだ、もう」

「そんな顔をしているか？」

チユッ。

顔を近づけられたかと思ったら、唇に掠《かす》めるようなキスをされた。

「隙《すき》も多くなった……」

蒼い瞳で間近に見つめられ、慧の頬《ほお》が僅かに熱くなる。意識していることを知られたくなくて、殊更《ことさら》ぶっきらぼうに返した。

「君のような無礼な人間が周囲にあまりいなかったからな」

「はは、相変わらず手厳しいな」

無邪気な笑顔を向けられる。そんな顔を向けられると嫌でも学生時代を思い出してしまい、慧は未《ま》だシャディールのことを完全に吹っ切れていなかった自分にうんざりした。

「ほら、そろそろ飲めるぞ、慧」

シャディールが目の前に座ったかと思うと、こちらの気も知らずに呑気《のんき》に珈琲を飲み始めた。慧も目の前に置かれた珈琲を手にし、口を付ける。

じわりと独特な苦みが口の中に広がる。同時にカルダモンと珈琲の芳醇《ほうじゅん》な香りも楽しんだ。飲み慣れている珈琲とは全然違う。どちらかというと漢方薬のような味わいだった。

小さなカップで、しかも上澄みを飲むような感じだったので、すぐに飲めてしまう。慧は飲んだカップをテーブルの上に置き、小さく息を吐いてから本題に入った。

「今日は電話でも伝えておいたが、保証人の件で来た。こちらにも色々と事情があって、やはり君に保証人をお願いしたいと思っている。保証金も併せて君と相談がしたい」

王族を保証人にするとなると、かなりの保証金を積まなければならないことは確かだ。

その代わり、ほとんどの事項で優遇され、仕事がスムーズに捗《はかど》ることも約束されるので、それを慮《おもんぱか》れば高い契約料ではない。

昨日ウォーレンとも相談をし、ある程度の金額を提示する承認は得ている。

シャディールの出方を窺っていると、彼が慧の考えを察したのか口を開いた。

「かつてのファグマスターである慧に、お金を請求する訳にはいかないだろう？　それにお金は持っている。別にこれ以上、お前から貰《もら》わなくてもいい」

「だが金額を提示してくれなければ、こちらとしても……」

「慧だ」

言葉に被《かぶ》せるようにして告げられる。

「慧、お前が保証金代わりだ」

彼の手が再び慧の手を摑んでくる。今度はさっきよりも力強く握られた。

「それ以外はいらないし、交渉も受け付けない」

あまりに真剣味を帯びた彼の瞳が怖くなる。彼に摑まれた場所が俄《にわ》かに痛みを発した。

慧の鼓動も徐々に速くなり、熱を全身に送り始めている。

心臓が痛い。だが駆け引きには負けたくなかった。慧は彼の瞳をきつく見返した。

「シャディール、公私混同は受け付けないと昨日も言ったはずだ。私が保証金代わり？　莫迦なことを言っているんじゃない」

「莫迦なこと？　どこがだ？　イギリスにいた頃のように、私がお前の世話を一からしようと言っているだけだが？」

　彼の手がするりと慧から離れた。極度の緊張から解放され、ほっとした。一方、シャディールはそのまま背中をソファに預けると、優雅に長い足を組んだ。

「まあ、確かに世話をするということは、ある意味、すべてを共有し且つ、相手を支配するということかもしれないな。私はヴィザール校での一年間、お前の身の周りは勿論、性欲までも世話をし、秘《ひそ》かにお前を支配していた。すべてを共有しているように見せかけて、お前を私のものにしていた」

　パブリックスクール時代、そんな風に彼が考えていたなんてまったく気づけなかった。

慧は自分の指先をきつく握り締めた。

「慧が私を警戒するのも仕方ないかもしれないな。だが、私はお前を自分のものにしたい。そして快楽も何もかもすべて私の手で与え、私しかいない世界にお前を閉じ込めたい」

　シャディールの言葉に、慧は首を横に振り、言い返した。

「シャディール、だからそういうことを言うのをやめてくれないか？　私と君は確かに一年間だけ、ただのセフレだった。だが、もうそれも六年前に終わったんだ。今は二人共同じ学校に在籍していた同窓生でしかない」

違うかもしれないが、そうでありたいと慧は強く願っている。もう過去に縛られたくない。二人で新しい絆を築いて、今度こそは傷つかない関係を続けたいと心から願う。

だがシャディールにはその思いは届かなかったようだ。慧の話を聞いて、小さく笑う。

「慧、何を勘違いしているんだ？　お前がどう思おうと、私はお前を逃がすつもりはない。これは私にとって、千載一遇《せんざいいちぐう》のチャンスだと思っているんだが？」

彼がそっとカップをテーブルに置いて、慧を見つめてきた。

「それにお前はもうここに来てしまっているしな」

「ここ？」

意味ありげな言葉に慧は目を眇《すが》めた。

「ここは私のハレムだ」

「ハ……レム？」

「そう……、ここは、私のプライベートエリアだ。客間からかなり歩いただろう？　お前は奥宮《おくみや》まで来たんだ」

「奥宮……？」

「通常、ここに入ることができる人間は決まっている。本来は男子禁制であるが、ハレムに入るのはお前だ。女人禁制に変更した」

あり得ないことを聞かされ、慧は混乱した。意味がわからない。

「シャ……ディール……」

「気の利く使用人を厳選しておいた」

「シャディール」

「お前の祖国を模して、日本風にアレンジもした。気に入ってくれるといいが」

「シャディール！」

大きな声で彼の名前を叫んだ。それでようやく彼が慧に反応した。

「何だ？　慧」

彼が優雅に笑みを浮かべる。その様子に慧は背筋が震えるような感覚を抱いた。

「シャディール、何を勝手なことをしているんだ。そんなことをしたら君は犯罪者だぞ。一体どうしたんだ。目を覚ませ、シャディール」

「覚ましているよ、慧。この六年間、ずっとこの機会を狙《ねら》っていた」

「……この六年間、大学にも一度も私に会いに来なかったくせに？」

ハーバード大学に慧が在学中も、シャディールは一度も会いにも来なかったし、連絡さえもなかった。彼にとっては何でもない行為だったのかもしれないが、慧にとっては新しい恋人に心変わりをされたことを裏付ける無情な仕打ちだった。

「会いに行かなかったことを怒っているのか？　可愛いことを言ってくれるのだな」

「違う。六年間、私のことを何とも思っていなかったくせに、とって付けたように言うからだ」

「お前を何とも思っていなかったのなら、私も苦労をしなかったな……」

「え？」

「会いたかった」

「シャディール……ぅ……」

慧の視界がいきなりぐにゃりと歪んだ。ふらふらと眩暈もしだし、その場に座っていることさえも困難になる。ソファにそのまま凭《もた》れ掛《か》かるようにして倒れた。

「な……に……？」

「やっと薬が効いてきたようだな」

彼がソファから立ち上がる。

「くす……り……？」

ふわふわとする躰を隣に来たシャディールが支えてきた。

「珈琲に入れさせてもらった。私が言うのもおかしいが、慧、お前のことを狙っている男の出した飲み物を、無防備に口にしてはいけないな。これからは気を付けるように」

小さく笑って告げてくるシャディールに、慧は底知れぬ恐怖を覚えた。

「な……医者を……」

動かない躰で必死に訴える。

「大丈夫だ。一時間ほど眠るだけだ。ゆっくりと休むがいい。ここはお前のためのハレムなのだから――」

＊＊＊

激しく揺さぶられる感覚に、慧の意識が浮上する。目を開けば、大きなベッドの上に、きつく縫い留められていた。

「っ……シャディ……んっ……」

声を上げようにも、噛《か》み付《つ》くような獰猛なキスに襲われ、その声を奪われる。

頭がはっきりして、自分の置かれた状況を把握したと同時に、慧は躰が動かせるだけ抵抗した。どうにか顔を背けて彼の口づけから逃げるが、すぐに顎《あご》を捕《と》らわれ、再び激しく唇を奪われる。

「んっ……んっ！」

逃げようと彼の胸を押し返すも、ベッドの上で躰ごと押さえ込まれてしまう。

「はうっ……」

反動で唇が離れた隙に、慧は大きく呼吸をした。一方シャディールは休むことなく、慣れた手つきで慧の下肢を弄《いじ》っていた。既に衣服は脱がされ、慧はベッドの上に裸で寝かさ

WHITE HEART

W.H.

white heart

講談社X文庫

れている。更に慧の下半身が慧の意志とは関係なく、彼の手の内で勃《た》ち上《あ》がっていた。その状況から慧が意識を失っている時から、淫《みだ》らなことを仕掛けられていたことに気づく。

「やっと目が覚めたか。少し目覚めが遅かったから心配したぞ」

慧の額に張りついた黒い髪を指で退《の》け、そこにキスを落とされた。言葉を失い、彼の行動をじっと見つめていると、短いキスをし終えたシャディールが唇の端を僅かに上げて笑みを浮かべた。

「意識がなくとも、私の指に敏感に反応するお前は、まるで仔猫のようで可愛かったな。ほら、まだこんなにびしょ濡れだ、慧」

「っ……」

耳の中に舌を差し込まれ、いやらしいことを囁《ささや》かれる。

「感じたか？」

耳の中を舌先で舐められると同時に乳首をきゅっと抓《つま》まれた。瞬間、鋭い痺《しび》れが慧の脳髄を刺激する。

「あっ……」

「相変わらず感度がいいな」

「やめろ！」

顔を背け、手でシャディールを再度押しやった。だがやはり鍛えられた彼を押し返すのは無理で、逆に胸の中にきつく閉じ込められてしまう。

「やめろ？　嘘《うそ》を吐くな。お前のここはもっと触って欲しいと涎《よだれ》を垂らして震えているぞ？」

慧の下半身の先端を指の腹で押し込めるように撫《な》でられる。

「んんっ……」

「ほら、気持ちがいいと言っている。また蜜《みつ》が零《こぼ》れ出《だ》したぞ。お前の躰は学生時代に知り尽くしている。抵抗するのは諦《あきら》めたほうがいい」

「放せ……っ」

未だ残っている理性で突っぱねる。簡単に快楽に負ける人間とは思われたくなかった。それにもう二度とシャディールとは寝たくない。寝ることによって、秘めていた恋心が彼に漏れ伝わってしまったら、慧の矜持《きょうじ》が木《こ》っ端《ぱ》微塵《みじん》に砕け散る。

確かに彼から見たら滑稽《こっけい》かもしれない駆け引きに違いなかった。今にも猛獣の歯牙《しが》にかかる獲物が無駄に抵抗しているとしか見えないだろう。それでも慧は最後まで抵抗したかった。小さなプライドを満たしたかった。

自分から先に傷つく恋に落ちたくない。

シャディールの『好き』が自分の『好き』よりも軽いとわかっているからこそ、いつか別れがやって来るこの恋に、自分だけが縋《すが》り付《つ》きたくない。そんな醜態を見せるくらいなら、最初から恋などしないほうがましだった。

「触るな」

「触るな？　こんなに前を膨らませているのに、か？　触らなければお前が辛《つら》いだけだぞ。ああ、それともお前が自分で触るのか？　それも一興だな」

「え……」

「たまにはこういうものを使ってみるのもいいな」

丸いプラスチックみたいなものが彼の手にあるのを、視界の隅に捉える。突然冷たい液体のようなものと共に、ヌルリとした固い感触のものが慧の後ろの蕾《つぼみ》に挿入された。

「な……なに？」

「ローターだ。私たちのセックスでは使ったことはなかったが、たまにはいいだろう？」

「なっ……抜け、シャディール！」

「慧に命令されると、学生時代に戻ったような気になるな。わくわくする」

シャディールが話しながら、慧の首筋に唇を這《は》わせた。ぞくぞくとした痺れが背筋を震わせたかと思うと、鈍い振動が下半身の深いところから伝わってきた。

「あぁぁ……や……抜け……っ……あぁ……」

「気持ちがよさそうだぞ。抜かないほうがいいんじゃないか？」

意地悪な笑みを浮かべ、シャディールは片手で慧の両手首を掴み上げた。

「真珠色の肌が綺麗に薄桃色に染まって、本当に美しいな」

獰猛な蒼い双眸をうっとりと細め、そのまま鎖骨《さこつ》に少し強く噛み付いてきた。

「あぁ……痛っ……」

「昔から慧の肌はすぐに痕《あと》がつく。私のものだという証拠をもっとつけておこう」

鎖骨からその下、胸の辺りを何度も音を立てて吸われ、紅《あか》い痕を点々と付けられる。そのたびにぞくぞくとした官能的な痺れが慧を襲った。躰の中に埋められたローターという名の爆弾も、今にも快感を爆発させそうだった。

「足を開け、慧」

「や……」

慧は首を左右にふるふると振った。

「開いて、お前の蕾がローターを咥《くわ》えてひくひく動いている様子をしっかり私に見せろ」

「変態……っ……あぁ……」

一段とローターが大きく震え出した。彼の手にはコントローラーが握られており、パワーを強くしたようだった。隘路《あいろ》がローターによって激しく揺さぶられ、理不尽な快感が溢《あふ》れ返《かえ》る。

「その変態に見られて、肉欲を勃ち上がらせ悦《よろこ》んでいるお前も同じ穴の狢《むじな》だろう?」

シャディールは慧の内腿《うちもも》をぐいっと開いた。慧の男にしては淡い茂みが露《あらわ》になる。

「お前のいやらしい汁で、陰毛や後ろの孔《あな》もすっかり濡《ぬ》れているな。こんなに濡らして私を待っているとは、まったくお前は可愛いな」

「……待って……ない……はっ……あぁ……」

強がってはみるものの、本当は下半身に熱い血潮がどくどくと音を立てて集まってきている。早く熱を放出したいという思いで頭の半分は埋まっていた。

そんな慧の思いを察したのか、シャディールが涼しい顔で尋ねてきた。

「達《い》きたいか?」

そんなこと、彼に懇願などしたくない。慧はシャディールの顔をきつく睨み上げた。するとまたもやローターの動きが激しくなった。

「あぁぁぁぁ……」

凄《すさ》まじい快感で目の前に星が散ったような気がしたが、まだ後ろだけでは達きされない。快感は募るが、射精をするほどの頂点がローターだけでは訪れなかった。

こんな小さな機械なんかでは慧の躰は満足できない。シャディールの……彼の人より嵩《かさ》のある熱を受け入れてこそ、慧は達けるのだと思い知らされる。

くそ――――。

プライドも何もかも捨てて、シャディールに縋り付きたくなる。ローターではなく彼を挿《い》れて欲しいと乞《こ》いたくなった。だが彼はそんな慧を見下ろしているだけで、手を差し伸べようとはしない。その代わり楽しげに告げてきた。

「私が欲しいか？　慧」

「っ……」

「ローターだけでは達けないのだろう？　かわいそうに……」

彼が慧の頰を指の腹でそっと撫でた。それだけで震えるような快感が生まれる。

「あぁっ……」

声が出てしまった。それに気を良くしたシャディールが、そのまま慧の頰に触れていた指先を唇へと移す。そして歯列を割って、慧の口内へと滑り込み、舌先を突いてきた。反射的にその指に自分の舌を絡ませてしまう。一度絡ませると止めることができず、シャディールの指をしゃぶった。

「挿れて欲しいか？」

シャディールの指をしゃぶりながら、彼の瞳を見つめる。欲しいと心から願った。

「ふっ……では、言ってみろ、慧」

以前ならそんなことを言わなくても、慧の望むまま快楽を与えてくれたシャディールであったが、今回は違うようだ。

「言えないのなら、そのままローターで、一人で達くところを見物するだけだ」

「っ……」

「私に挿れられて達くか、それともローターを尻に挿れたまま自力で達くか、選ぶがいい」

シャディールは慧に埋め込んだローターを更に奥へと指で押し込んだ。

「んん……んっ……」

彼の指を咥えたまま、くぐもった声が出てしまう。

「意外とローターだけでも達けるのかもしれないな」

恐ろしいことを口にするシャディールに、慧は目を剥《む》いた。とてもではないが、ローターだけでは達けない。その達ききれない微妙な快感を永遠に味わわないといけないと思っただけで、気が遠くなった。

もう駄目だ――。

抑えきれない情欲に、慧はとうとう白旗を掲げた。

「挿れろ、シャディール。君を……挿れて……くれ」

彼の指を口から外し、言ってしまった。刹那《せつな》、彼の双眸が鋭く細められた。まるで猛禽《もうきん》類《るい》を彷彿《ほうふつ》とさせるような仕草だ。

「フッ……堪らないな。お前に懇願《こんがん》されるだけで躰の芯が煮《に》え滾《たぎ》る」

シャディールは小さく呟くと、荒々しく衣服を脱いだ。下着の上からもわかるほどの張り詰めた男の昂《たか》ぶりに慧の目が釘付《くぎづ》けになる。学生時代も立派だったが、今は更に育ったようだ。かなりの質量が見てとれた。慧の視線に気づいたのか、彼が苦笑した。

「大丈夫だ。お前が寝ている間に解《ほぐ》しておいた。私のこれもしっかり入る」

「あ……」

彼が下着を落とし、実物を慧の前に晒《さら》した。赤黒く腫《は》れたそれは凶器と言っても過言ではないものだった。だがそれを待っていた。それで中を擦られたいのだ。六年間、触れることができなかった劣情に恋《こ》い焦《こ》がれる。

「慧、お前に再び触れることを、どんなに夢見たか……」

彼の指先が慧の唇から顎、そして喉《のど》、更に堪能《たんのう》するかのようにゆっくりと胸へと滑っていく。そして胸の中央で主張していた乳首の周りを指でなぞられた。どうしようもない愉悦に躰が痺れ、快楽に飢えているのを自覚する。

「ローターを抜いてやろう」

ずるずると引っ張られる感覚に、ぴゅっと愛液が先端から飛び、腹を汚してしまった。

「我慢できずに出したのか？　可愛い奴《やつ》だ」

くすくすと笑い、慧の耳朶《じだ》を甘噛みしながら、シャディールが低く甘い声で囁いた。転瞬――、

「あぁぁぁぁ……っ……」

熱く滾る楔《くさび》に一気に貫かれる。久々の邂逅《かいこう》に、全身が歓喜と恐怖が綯交《ないま》ぜになったよう

な感覚に震え上がった。シャディールを咥え、慧の慎《つつ》ましい蕾は大きく花開く。

「あぁっ……」

奥まで食い込んでくる灼熱《しゃくねつ》の楔に、慧の記憶が触発された。六年前、何度も受け入れた甘い情欲が、慧の心と躰を蝕《むしば》む。同時に本当は忘れたくなかった苦しい恋情が胸に込み上げた。愛しているという感情が胸の内でのたうち回る。

「はっ……慧……慧……っ……」

何度も何度も名前を呼ばれる。呼ばれるたびに苦しみが熱に蕩《とろ》けそうになった。

「あ……あ、シャ……ディール……もっと……ゆっくり……あぁぁっ……」

シャディールの侵入を防ごうと内壁を窄《すぼ》めるが、そこを強引に押し入ってくる。逆に締め付けたせいで、彼の熱をよりリアルに感じてしまい、喜悦に襲われた。

持ち上げられた腿の内側に、音を立ててキスをされる。

「さあ、私を思う存分に呑み干せ。お前にだけ許す。私の子種を受け入れることができるのは慧、お前だけだ」

「そんな……駄目だ……いっ……」

「駄目じゃない。お前は私のハレムに入ったのだ。一生、私とだけしかセックスをすることを許されない……ハレムの住人だ」

シャディールはうっとりと囁き、慧の勃ち上がっていた屹立《きつりつ》を握った。先端からは先走りの汁が溢れていた。それをぐちょぐちょと音をわざと出しながら扱《しご》く。

「あぁっ……はあっ……もう……達く……っ」

「私の腕の中だったら、何度でも達けばいい。見ていてやる」

「や……見るな……ぅ、達く……っ……あぁっ……」

慧の震える劣情の先端から勢いよく吐精する。シャディールの頬にも飛び散った。

「フッ、溜《た》まっていたな」

慧の白いぬめりのある精液を、手の甲で拭《ぬぐ》いながら笑みを浮かべた。

「なっ……あぁあっ……」

悔しさに声を出すも、シャディールが腰の動きを激しくしたため、嬌声《きょうせい》に変わる。

「あぁっ……だ、め……休む……休ませろ……っ……もたない……っ……やぁぁ……」

抗議の声を掻《か》き消《け》すように彼の腰が激しく打ち付けられた。シャディールにされるがまま躰を蹂躙《じゅうりん》される。足を大きく開かされ、男を受け入れる姿をみっともなくも晒された。

だが、どこかこれが求めていたもののような気がしてくる。もしかしたら媚薬《びやく》を使われているのかもしれない。そうでなければ、こんな行為に心が満たされるはずがない。

ああっ……気持ちがいい――。

達ったばかりなのに、また慧の下半身が大きく膨らみ始めた。理性が振り切られる。ただ達きたいという思いだけが慧を乱れさせた。

「あ……もっと……もっと奥まで……来て、シャディール……っ」

早く達きたくて淫らなことを口にしてしまう。途端、シャディールが舌打ちをした。

「くそっ……もっていかれそうだ」

「ああっ……」

奥まで突かれ、底なしの欲望が挑発され、もっと、もっと奥へ彼の熱を欲してしまう。その滾る劣情を逃がすまいと貪欲《どんよく》に締め付ければ、頭の芯まで蕩けそうな痺れが全身を貫いた。凄絶《せいぜつ》な愉悦に躰を支配される。

強靱《きょうじん》な杭《くい》に隘路を幾度となく擦り上げられ、理性が擦り切れた。

もう何も考えられなかった。シャディールと二人きりの世界に心酔する。二人だけしか存在せず、熱を分かち合う世界――。

慧は次第に自らも腰を動かし始めた。

「慧……愛している」

彼が息を上げながらも呟くが、慧はその言葉のすべてを信じることはできなかった。彼のその言葉は、きっと慧が思うものと違い、もっと軽いのだ。

どうしてか涙が溢れる。快感からなのか、それとも手に入れられないものへの寂しさか。

益々《ますます》シャディールの動きが激しくなる。

「シャディール……っ……」

涙が零れ落ち、もうどうにも熱を鎮めることができなかった。

「慧……」

甘い声で名前を呼ばれ、優しいキスが唇に落とされた。慧の心臓がじんと切なく疼《うず》く。

刹那、慧はまた白濁した体液を大量に腹の上に振《ふ》り撒《ま》いていた。

「あぁあっ……」

彼を咥えている場所が淫靡《いんび》に疼く。中がぞくりぞくりと蠢《うごめ》いているところに、シャディールの牡《おす》が激しく抽挿を繰り返してきた。

「ああっ……動く……なっ……」

「無理なことを言うな」

シャディールが腰の動きを一段と激しくする。慧の腰を引き寄せ、これ以上ないという最奥《さいおう》まで己の欲望を捻《ね》じ込《こ》んだ。

「あっ……あああっ……」

この、どこまでも奥へと打ち込まれる熱い楔に、痺れるような熱に、縛られたいと思う一方、酷く逃げたくなるような思いにも駆られる。手に入れられない愛に、しがみつきたくないのかもしれない。どこまでもプライドが邪魔をする。

「ああぁっ……はあっ……もう……だめっ……だ」

意識が朦朧《もうろう》とし始めた頃、躰の最奥で熱い飛沫《ひまつ》が弾《はじ》け飛《と》ぶのを感じた。シャディールがやっと達ったのだ。

「あ……出す……な……あぁぁ」

中がじゅくじゅくと濡れていくのを感じながら、慧は意識を手放したのだった。

◆　Ⅳ　◆

どれくらい意識を失っていたのだろう。

慧《けい》は明るい陽射《ひざ》しの中、大きなベッドの上で目を覚ました。

昨日の昼過ぎにシャディールに会いにここへ来て、そのままこの奥宮《おくみや》に閉じ込められてしまった。それから何度も彼と激しい性交を繰り返しては快楽を貪《むさぼ》り、意識を失って時間の感覚があやふやになってしまっていた。

「痛っ……」

躰《からだ》を起こそうとしても、久々に激しく抱かれたせいで節々が軋《きし》んで痛い。

「あいつ……人の躰だと思って、好き放題して……」

恨み言を言いたい相手は既にこの部屋にはいなかった。

慧の躰は綺麗《きれい》に清められていた。普通なら一国の王子がするはずもないが、シャディールの場合、パブリックスクールにいた頃はファグとして、事後の慧の躰を清めるのは日課だったので、今回も自《みずか》ら洗ってくれただろうことはわかった。何と言っても浴場でも抱かれた記憶がほんの少し残っているのがいい証拠だ。

「……とにかくこの状況から少しでも脱却しなければな」

今度は痛みに備えてそっと起き上がり、ベッドから足を下ろした。

「う……足に力が入らない。完全に抱《だ》き潰《つぶ》された」

思わず溜《た》め息《いき》が出る。これは計画的犯行に違いない。今日、慧が出勤したり逃げたりしないように、起き上がれないほど抱いたのだ。

「とにかく起きないと……」

ごそごそしているうちに、控えめなノックの音がした。こんなノックをするのはシャディールではない。誰かと思いながら返事をすると、小さな頭がひょこっと入ってきた。

「おはようございます。慧様、お起きになられましたか？　私は慧様の身の周りのお世話をさせていただきますアムルと申します。どうぞよろしくお願いします」

十二、三歳くらいだろうか。ちょうどヴィザール校の新入生と同じくらいに見えた。

「あの、身の周りの世話って……私はここに長居するつもりはないんだが」

「え？　フフッ……、慧様、おかしなことを仰《おっしゃ》るんですね」

アムルと名乗った少年は屈託なく笑った。冗談だとでも思ったのだろう。

「慧様は殿下の大切な伴侶《はんりょ》でいらっしゃるのですから、この奥宮に住まわれるのは当然なんですよ。遠慮なんてされないで下さい」

少年は笑いながらそう言うと、てきぱきと朝の用意をし始めた。

「お召し物ですが、こちらの民族衣装と、欧米式の物をご用意しましたが、どちらを着られますか？」

「じゃあ、欧米式のほうで」

「かしこまりました」

アムルはすぐにサマーニットとパンツというカジュアルな衣装を持ってきた。カジュアルではあるがタグを見ると、有名なブランドの名前が記されていた。

「それから朝食はこちらでとられますか？　食堂にされますか？」

ベッドから起き上がるのも大変だったのだ。できればもうしばらくは動きたくなかった。

「ここでお願いしたい」

「かしこまりました。朝は日本食を用意致しました。殿下がわざわざ和食の料理人をお雇いになったので、本格的な日本の朝食をお出ししますね」

「は、はあ……」

ロンドンに五年間、その後、アメリカに六年間住んでいるので、あまり日本食には拘《こだわ》っていないのだが、せっかく用意してくれているのなら、美味《おい》しくいただこうと思う。この信じられない状況の中、まずは落ち着いたほうがいい。

「それから殿下は既に公務にお出掛けです。夕方までにはお戻りになります」

とりあえず、話はその時にするしかないようだ。この使用人に何か言っても、わからないだろうし、慧の状況が変わるとは思えない。今は体力温存の意味も含めて、大人しくしていたほうがいい気がした。

「じゃあ、その時に話がしたいとシャディールに伝言をお願いします」

「わかりました。では今から朝食の用意をさせていただきますね」

少年は嬉《うれ》しそうに頷《うなず》くと、すぐに部屋から出て行った。


朝食が終わり、会社に連絡をしたいと告げれば、あっさりとドローイングルームにある電話を借りることができた。

慧のスマホは浴場で水没していたとのことで、お亡くなりになっていた。

「そうだよな……」

慧は起床時より、徐々に昨日の醜態を思い出しており、顔面蒼白《がんめんそうはく》の事態に陥っている。

昨日、行為の合間にシャディールが一旦《いったん》部屋から出たので、その時に慧はスマホでウォーレンに連絡を取った。そこにシャディールが戻ってきて、つい反射的に浴場に逃げたが、追い詰められ、ウォーレンとの通話が繋《つな》がったまま、そこでまた抱かれてしまったのだ。

あの後の記憶はないが、何となしにシャワーを浴びたことを覚えているので、たぶんスマホはその時に水没したと考えられる。

しかも最中の喘《あえ》ぎ声《ごえ》もたぶん、いや絶対ウォーレンに聞かれていた。

「ああ……もう……うう……」

そのウォーレンに今からまた連絡をするのは、とても勇気がいるが、昨日は現況を伝えることもできずに電話を放置してしまったので、社会人としては連絡せざるを得ない。

ドローイングルームにはドアがないので、廊下からも中の会話が聞こえるようになっていた。筒抜けになっても構わない話しかできないように、慧にここの電話を貸したのだろう。社外秘の話はできないが、愚痴《ぐち》は逆にここの人間にも聞いてもらいたいくらいだ。それでシャディールに報告して欲しい。

どうにか覚えていたナンバーをプッシュして数コール。ウォーレンが出た。

「ウォーレン、私だ。慧だ」

藁《わら》にもすがるような思いで、ウォーレンに話し掛ける。しかしウォーレンはそんな慧とは対照的に呑気《のんき》に答えてきた。

『おお、慧、お疲れ様。シャディールとよりを戻せたんだな』

早速揶揄《からか》われる。

「ウォーレン、その話だが、昨日聞こえたことはすべて忘れてくれ。あれは事故だ。よりを戻すも何もない」

『照れるな。まあ、俺もシャディールがお前の保証人になるって聞いた時から、こうなることは予想がついていたし……』

「予想するな。寧《むし》ろそうならないように協力しろ。こんなところに閉じ込められて、仕事もできやしない。本当は今日からも相手先に顔を出さないとならないのに」

『ああ、そのことだが安心しろ。仕事は上手《うま》くいっている』

「は？」

何か嫌な予感が慧の脳裏《のうり》を過《よぎ》る。

『お前に担当を任せるつもりだったひひじじいが、昨日、いきなり素直に契約に応じてくれたんだ。どうも上から口利きがあったらしい』

益々《ますます》嫌な予感がする。

「う、上から……？」

『ああ、お前も大体予測がついていると思うがな』

「……シャディールか」

予感的中だ。

『ああ、たぶんな。それで更に、そのひひじじいが新たに高速鉄道の建設の入札にも声を掛けてくれた。たぶんこれもある意味シャディールのお陰かもしれん。あのじいさん、王族に媚《こ》びを売りたがっていたからな。きっと我々に仕事のチャンスを与えることでシャディールの覚えが良くなると踏んでのことだろう。今からもっと忙しくなるぞ』

どこかウォーレンの声が弾んでいるように聞こえるのは気のせいではないはずだ。慧は眉間《みけん》に皺《しわ》を寄せた。

『それからシャディール自身からも連絡があった。慧は自分の宮殿に滞在させるということと、仕事のやりとりは電話がメインで、どうしても外出するという時はSPを同行させるってな。良かったな、理解ある夫で』

「夫じゃない」

すかさず訂正を入れたが、今のウォーレンの話からすると、シャディールも慧を監禁したい訳ではないことを知る。

一応、礼節は守るってところか……。

『これで、色々とデルアン王国での仕事がやりやすくなるな』

ん？

今のウォーレンの台詞《せりふ》に慧は大きな引っ掛かりを覚えた。

「……ウォーレン。君、私を売る先を変えたんじゃないだろうな」

『え？』

慧は彼の声が上擦《うわず》ったのを聞き逃さなかった。

「私にとっては、売られた先がひひじじいからシャディールに変わっただけの違いだ。しかもひひじじいはどうにかなるが、シャディールは私の手には負えない」

『何を言っている。俺から見たらシャディールはお前の手の上で転がされているぞ。寧ろお前しかシャディールの手綱《たづな》は握れないと思うが？』

「君の認識は間違っているぞ。それに関しては大いに抗議する。それと、私をシャディールに売ったことを否定しないんだな」

『ははっ……いや、別に意図的に売った訳じゃないぞ。結果的にそんな感じになってしまっただけだ。他意はないよ』

「ウォーレン！」

『まあ、あまり会社を巻き込んで痴話げんかはやめてくれよ。今回は大きな利益が絡んでいるんだからな。くれぐれもシャディールから愛想を尽かされないように』

寧ろ一刻でも早く愛想を尽かされたい。

『それと寿《ことぶき》退社をする時は、早めに言ってくれ。我が社の業績にも大きくかかわってくる可能性があるからな』

「ウォーレン！　なぜ、そんな話になるんだ！」

どこまで冗談で、どこまで本気で言っているのか判断がつかない。

『ははっ……とりあえず、仕事の進捗《しんちょく》状況は上々だ。慧の事情も大体わかっている。確かにこのままでは我々の仕事に支障が出る。かと言って、慧以外にアラビア語が堪能《たんのう》で、そちらにすぐに行ける社員は現在いないしな。俺からシャディールに話をしてみるよ』

「ウォーレン、頼むぞ。冗談を言っている場合ではないからな」

『……焦っているんだな』

「え？」

『なぜ、そんなに焦っているんだ？　慧らしくない』

「なぜって……。こんな宮殿に閉じ込められて、焦らないほうがおかしいだろう？」

何を当たり前のことを尋ねてくるんだと思っていると、ウォーレンが続けて意味深なことを言ってきた。

『そうかな。シャディールに身も心も囚《とら》われそうで怖いんじゃないか？　そこにいたら自分の心の奥に隠していたものが暴かれそうになるから焦っているんじゃないのかい？』

「意味がわからないぞ、ウォーレン」

殊更《ことさら》冷たく言い放った。これ以上、ウォーレンに感情の動きを悟られたくない。油断をしていたら、痛くない腹まで探られそうだ。ウォーレンも慧の警戒に勘付いたのか、話を終わらせてきた。

『……それならそれでいい。お前の選ぶことだしな。まあ、健闘を祈るよ』

「ウォーレン、とにかく早くここから出られるよう動いてくれよ」

『わかった。慧に連絡するのはこの電話番号でいいのか？』

「一応。スマホは壊れてしまって使えない」

『了解だ。じゃあまた連絡する』

あっさり電話が切れてしまった。大体、慧とシャディールのことをあれこれ詮索《せんさく》するなら、慧がシャディールと会いたくない気持ちも察して欲しいところだ。

別れが見える愛になんて、縛られたくないいんだと――。

「はぁ……」

「仕事が上手く進まない？」

「え？　わっ！」

いつの間にか背後にシャディールの恋人であるカデフが立っていた。

「こんにちは。姿が見えたから、声を掛けてしまったけど、よかったかな」

「カデフ……」

「良かった。覚えていてくれたみたいだね。ねえねえ、慧と少し話がしたいな」

カデフはそう言いながら、近くの椅子《いす》へ座ってしまった。こうなると彼を置いて、部屋から出ることができなくなる。慧は仕方なく、彼の正面の椅子に座った。

「昨日、僕が言った通りだろう？　君とはまた会えると思っていたんだ。シャディールから部屋を貰《もら》った？」

　何もかも知っている風に話し掛けられ、押され気味になる。しかし彼からはまったく嫌悪を感じず、寧ろ親しみを覚えられているような気さえした。

「あの、カデフ。君は自分の恋人のシャディールが他の男に現《うつつ》を抜かしていても平気なんですか？　私は君からしたらシャディールの浮気相手であり、憎らしい男のはずですが」

「え？」

　慧の言葉にカデフの目が大きく開いたまま固まる。やはり気にしていたことだったかもしれない。だが、

「誰が……誰の恋人だって？」

　カデフが震える声でゆっくりと尋ね返す。

「え？　君がシャディールの恋人って……」

「ええっ！　誰がそんなことを言ったんだ？」

　椅子から立ち上がったかと思うと、身を乗り出して慧に問いただしてきた。

「え？　誰って……君、昔、ヴィザール校にシャディールを訪ねてきましたよね？　その時にオルゲが、君がシャディールの新しい恋人だと教えてくれて……」

　その答えに、カデフの顔が急に大きく歪《ゆが》み、ドスンと音を立てて椅子に座り直した。

「ああ、オルゲね……。彼、あの頃は君を追い払いたい一心だったから……」

まったく意味がわからず、慧はカデフの顔を見つめた。

「あ、まずは誤解を解くね。僕、シャディールの腹違いの弟だよ。シャディールから聞いているとすっかり思い込んでいたけど、僕のこと聞いてない？」

「腹違いの弟⁉」

今度は慧が大声を上げる番だった。

「その様子では知らなかったみたいだね。シャディールに僕とのこと聞かなかったの？」

あまりの驚きでもう声が上げられない。慧は無言で首を振った。

「僕は第九王子で、母親同士の仲がいいのもあって、子供の頃からシャディールとは兄弟の中でも特別仲が良かったんだ」

「え、じゃあカデフ殿下と……」

「殿下はいらないよ。シャディールにも付けていないんだから、僕にも付けないで」

「ですが……」

それでも食い下がろうと声を出すと、カデフがじぃっと見つめてきた。降参だ。

「……わかりました。ではカデフと呼ばせていただきます」

「うん、じゃあ、改めてよろしく」

カデフが手を差し伸べてきた。慧はその手を取り握手する。

「それにしてもよくも今日まで知らずにいたよね。シャディールとコミュニケーション不足じゃないの？」

五歳くらいは下だと思われるカデフから呆《あき》れたように言われ、何ともバツが悪い。

「今回、久々に会ったので。大学の時も一度も会っていませんし。私もいきなりこんなところへ連れて来られて困惑しているところです」

本当に困惑している。彼の言うことが本当なら、シャディールが新しい恋人を作ったから自然消滅してしまったという訳ではなくなる。自分でも整理しないとよくわからない。

「大学時代、全然コンタクト取らなかったのかい？　会えなくても、連絡くらい取れると思うけど」

そう、なぜシャディールはいきなり連絡を絶ったのだろう。今まで恋人ができたからだと思っていたのもあり、今更ながら根本的なところに疑問が残る。

いや、彼に恋人がいてもいなくても、ヴィザール校を卒業した時に、彼との関係も清算しようとしていたのだから、もはやそれも愚問だ。

「これといって、連絡を取るような間柄じゃなかったからです。だから今、この状況がよく理解できない」

「ふぅん……本当に理解できないのかな。慧はヴィザール校でもトップクラスの成績だったんだよね」

「勉強とは違いますよ。人の感情は、結局は解析できない難問です」

「なるほど」

カデフはそう頷くと、席を立った。

「実は今日、ここに来ることはシャディールにも内緒にしているんだ。だから、長居していると番人に見つかる。足音が聞こえてきたから、まずいかな」

「え？」

いきなりそんなことを言うカデフの顔を見上げると、彼が悪戯《いたずら》っぽく笑みを浮かべた。

途端、オルゲの声が響いた。

「カデフ殿下！」

「ほら、見つかった」

カデフが肩を上下に動かし、視線をオルゲに向けた。オルゲはオルゲで厳しい表情をしている。

「見つかった、じゃありません。ここはハレムです。シャディール殿下の許可なくして、入ることは許されません」

「一応、シャディールには遊びに行きたいって昨日言っておいたし、別に慧を襲うなんてこともしないから、大目に見ろよ。じゃあ、慧、また来るよ。今度はシャディールに許可を貰うからランチでもしよう」

「カデフ殿下」

カデフはオルゲに怒られながらも、手を振ってドローイングルームから出て行った。一瞬ではあったが、慌ただしいひとときだった。

「義弟だったのか……」

何とも言えない驚きが再び慧を襲う。同時にオルゲに騙《だま》されていたことも知った。

オルゲには以前、銃を向けられたこともあり、嫌われているのは充分承知していた。それにどうにかして慧をシャディールから引き離そうとしていたのもわかっていた。なのにあの日、あまりにも真剣に言われたこともあり、何となく信じてしまった。

オルゲの言葉を信じずにいたら、私たちの関係は変わっていたのだろうか？

ふとそんなことを思ってしまい、慧は軽く頭を横に振った。

変わらない。慧は最初からシャディールとの関係は卒業までと決めていた。オルゲの嘘《うそ》があってもなくても別れていただろう。

『愛している――』

昨夜紡がれた言葉。あの言葉も彼にとっては日常茶飯事に使われる言葉の一つにすぎない気がしてならない。シャディールがヴィザール校に転入してくる前は、あの容姿もあって、かなり遊んでいたと聞いている。愛しているや好きなどは、息をするように使っていたに違いない。慧が思う言葉とは重みが違うのだ。

だが、たとえそうであっても、結局は幾ら睦言《むつごと》を囁《ささや》かれても、シャディールの愛を信じることができない慧が悪いのかもしれない。

曇ったフィルターごしに彼を見ていて、彼の言葉が胸まで届いてこないのだから。

「本気なら、きちんとプロポーズして、ハレムに完全に閉じ込めるくらいしてみろ。何が仕事はさせるだ。ヘタレが」

つい思わぬ言葉が自分の口から自然と零《こぼ》れ、両手で口を塞《ふさ》いだ。

「っ……、何を言ってるんだ、私は……」

心の片隅に潜《ひそ》んでいた本音がぽろりと零れたのだろうか。万が一、プロポーズされたらされたで困るというのに。

「困る……んだ……本当に」

両手で顔を覆い、自分の感情が表れそうになるのを隠す。シャディールは慧のファグになってからは、まじめで、学校でも模範生となっていた。だから転入前にどんな彼であろうとそれは過去の話だとわかっている。本当はわかっているのだ。

ただ、何か理由を付けて牽制《けんせい》しているにしかすぎないことも。

この国は一夫多妻制が認められている。王族であるならば、より優秀な子供を残すことを求められるだろう。それはシャディールも例外ではないはずだ。複数の妃《きさき》を娶《めと》ることを期待されている。

だからこそ、シャディールが他の女性や男性を愛するところを見たくないと思う自分がいた。慧は彼一人を愛するのに、彼にとって慧は愛人のうちの一人になるのが嫌だった。

知らず知らずのうちに、彼に対して独占欲を持っていることに失望するしかない。

認めたくないが、六年間、消えたと思い込んでいた恋心は、そっと慧の心の奥で息づいていたらしい。今回、シャディールに実際会ってみて、それを確信してしまった。

このままではいつか彼に醜態を見せてしまう。君になど興味ないと突っ張ることができない日が来てしまう。それだけは避けたかった。

「とりあえず二年くらいこの国に赴任予定だが、その間、ずっとここにいるのか？」

二年間、逃げ切れるだろうか。愛を囁かれ、イエスと頷かずにいられるだろうか。慧とシャディールのどちらかが音《ね》を上げるまで続く、我慢比べのようだ。

「ウォーレン、どうにかしてくれよ……」

情けない声が零れる。がっくりと力なく項垂《うなだ》れていると、パタパタと走ってくる音が聞こえてきた。こんなみっともない姿を誰にも見られたくなくて、慧は居住まいを正し、入り口のほうへ目を遣《や》った。

「慧様」

「アムル、どうしたんだ？」

どうもアムル相手だと、彼の歳《とし》も影響してか、パブリックスクール時代のファグだった下級生と重なり、つい警戒心を緩めてしまう。

「先程殿下から慧様のスマホを預かって参りました」

その手には箱に入った新しいスマホがあった。

「慧様のスマホが壊れてしまったということでしたので、新しく手配されたそうです」

「ありがとう、それは助かる。後でシャディールにも礼を言っておくよ」

「はい！」

笑顔全開で返事をしてくるアムルの純粋さに、慧もつい笑みを浮かべてしまう。すると彼が続けて慧に報告してきた。

「それから今日は昼から授業がありますので、夕食後まで留守にさせていただきます」

「え、授業？」

慧は、笑顔はそのままに首を傾《かし》げた。

＊＊＊

「ああ、言い忘れていた。彼はまだ十三歳で、義務教育中だ。君の身の周りの世話をしながら学校に通っている」

夕方、公務から帰ってきたシャディールが、アラビア式珈琲《コーヒー》を淹《い》れながら、昼間の『授業』という言葉を説明してくれた。

「ほら」

シャディールがテーブルの上に淹れたての珈琲を持ってきた。昨日のこともあるので、簡単に珈琲に手が出せない。慧が珈琲を手にとるかどうか悩んで、じっと見つめていると、頭上から笑い声が聞こえた。

「大丈夫だ。今日は何も入れていない」

「どうだか……」

疑わしいとシャディールを上目遣いで見つめると、彼が楽しそうに笑って答えた。

「薬を入れなくても、慧が私を拒まないとわかったからな」

思わず慧の眉間に皺が寄りそうになったが、どうにかポーカーフェイスを貫く。

「自信過剰は嫌われるぞ」

「謙虚過ぎても嫌味になるだろう？」

彼が優雅に珈琲片手にソファに座る。一国の王子で、悔しいが色男と認めざるを得ない彼が、わざとらしく謙虚な態度をとるのも確かに嫌味だ。

「なるほど、シャディール、君に関しては、どちらにしても嫌われるということだな」

「いや、だからこそ自分の好きなようにするということだ」

シャディールは慧の瞳《ひとみ》を見つめると、投げキッスを送ってきた。反射的にそれを手で払い落とす。

「手厳しいな、ハニー」

「ハニーじゃないと何度言ったらわかる？　まったく、話を元に戻すぞ。で、アムルはここから学校に通っているのか？」

「なんだ、アムルの話ばかりして。私に嫉妬《しっと》をさせるつもりか？　大体、わざわざお前が誘惑されないように女人禁制にしたのに、お前は少年が好みなのか？　お前の気を引くようなら、少年も出入り禁止にしないとならないな」

　不機嫌そうに文句を言われる。

「どうしてそういう話になるんだ。そうじゃなくて、アムルは実家にいつ戻っているのか気になっただけだ。我々もイギリスで親元を離れて暮らしていたから、色々と彼にアドバイスできることもあるかもしれないだろう？」

「さすが元寮長様だな。お前は私への扱いは昔からぞんざいだったが、他の下級生には面倒見のいい上級生だったからな」

　いい歳した男が軽く拗《す》ねる姿に、思わず呆れてしまうが、すぐに笑いが込み上げてきた。

「君は昔からふてぶてしいからな。優しくしてやろうと思ったことはなかったな」

「寮長にはあるまじき差別だな」

「私も人間だからな。時々正直に好き嫌いが出る」

にっこりと笑ってやると、彼が一瞬きょとんとした。そしてすぐに双眸《そうぼう》を細める。

「さすがに傷つく発言だったが、慧の笑顔が見られたなら、チャラだな」

「フン、お手軽な奴《やつ》だ」

鼻を鳴らして笑ってやると、シャディールが立ち上がり、慧の隣に座り直した。近い距離に思わずドキッとしたが、それを顔に出せば、彼を意識していることがばれて負けのような気がし、何でもない風に装《よそお》う。そのまま彼がそっと慧の手に触れ、話をし始めた。

「アムルは五年前、母親を病気で亡くして、王宮付の侍医である父親と二人で暮らしていた。だが、去年父親も他界。国王である父上がアムルを哀れに思い、彼を引き取り、教育を受けさせることを決めた。アムルは幼いながらも畏《おそ》れ多《おお》いと辞退したが、勉学の合間に働くことで納得し、王宮に入ることになった。それで、以前から顔見知りだったのもあり、私の傍《そば》に呼び寄せたんだ。将来、お前に預けるのが一番いいと思ったしな」

「預けるって……。いつから私をここに連れて来る計画をしていたんだ？　それに私はここに仕事に来たんだぞ」

「お前に出会ってから、ずっとここに連れて来るつもりだったって言っただろう？　それで、イギリスの頃のお前を知っている私としては、アムルをお前に預けたいと思った」

「勝手過ぎる……」

「そうかな？　私は先見の明だと思っているが？」

シャディールの金色の髪がさらりと零れた。ヴィザール校で寝食を共にした一年間、いつもこうやって彼を近くに感じていた。当たり前のように。

だが六年間離れていて、それが当たり前でなかったことを知り、そして再会した今、この当たり前のような一瞬が、とても貴重であることを自覚した。

「……どうせ仕事も君が裏で手を回してくれたお陰で楽になりそうだから、ここにいる間はアムルとできるだけお喋《しゃべ》りを楽しむようにするよ。誰かのせいで暇だからな」

最後に嫌味を言うのも忘れないでおく。だがそんな嫌味など何ともせず、シャディールはまた新たな問題を提示してきた。

「ついでに慧の手料理も食べたい」

「は？」

「お前は四学年生までは、時々寮生に料理を振る舞っていたと聞いた」

「そんな古い話をどこで聞いたんだ」

と言いながらも、五学年生になってからは寮長だけでなく総長の仕事もあり、多忙で料理を作るのをやめていたので、きっとシャディールは寮生の誰かに聞いたのだろうと納得し掛けた。だが更に思いがけないことを口にされる。

「大学時代も寮に入っていたが、時々は作っていたんだろう？　そして社会人になって一人暮らしを始めて、自炊をしているという報告も入ってきている」

報告――――？

慧の眉《まゆ》がぴくりと動いた。慧の知らないことが、水面下でなされているような気がしてくる。

「ちょっと待て、君、もしかして私を見張らせるか何かしているのか？」

「どうだろうな。それに関しては黙秘権を行使するよ」

意味ありげに笑みを浮かべられ、これは絶対見張らせていると確信する。

「こそこそされるのは好きじゃない。何か知りたかったのなら、一度くらい顔を出したらよかっただろう？　お茶くらい出したぞ」

「……顔を出したら、お前に振られるだろう？」

「え？」

「お前は卒業と同時に私との関係を終わらせようとしていた」

やはり気づいていたか――――。

心臓がちくりと小さな痛みを発する。だがそれは自分だけではなかったはずだ。

「シャディール、君だって私と距離を取ったんじゃないのか？」

卒業前、二人にとって最後の休暇も一緒に過ごさなかった。今、思い返しても切なさが蘇《よみがえ》ってくる。恋心を封印したはずなのに、認めたくないものが溢《あふ》れ返《かえ》りそうだった。

「そうだな、私にも色々事情があって、お前に会うことを避けていた」

彼が慧の言葉を認めたことに、少なからずショックを覚える。

「避けていた？　どうして」

「まだ時期が来ていなかったのさ」

「時期？」

「介在していたものがあり過ぎて、すべてが処理できなかったと言うべきかな。詳細はお前に言えないこともあるから、そこは察しておいてくれ」

「……そうか」

一国の王子という立場で、やはり一般人には言えないこともあるのだろう。慧はそれ以上尋ねるのはやめた。ただ、恋愛関係だけでなく生活全般をも見張られていたという事実には驚きを隠せなかった。ずっと音信不通で、当時はすっかり縁が切れていたと思っていたのに、そうではなかったことに何とも言えない思いが胸に広がった。

しばらく黙っていると、その沈黙を破るようにシャディールが呑気なことを口にした。

「おにぎりというものが食べてみたい」

「え？」

「パブリックスクール時代、お前が寮生に振る舞ったというライスボールだ」

あの頃、時々おにぎりが無性に食べたくなって、日本から持参した炊飯器でご飯を炊き、寮生に配ったことがあった。

「悪いが、あれには道具がいる。最低でも僕の目に適った炊飯器と日本の米。これだけは譲れない。ここで出して貰っているものもそれなりに美味《おい》しいが、それとは違うんだ。だからすぐに作ることは無理だ」

「それなら大丈夫だ。オルゲ」

シャディールは部屋の外で待機しているだろうオルゲに声を掛けた。案の定、外から返事が聞こえた。

「もうしばしお待ちを。あと少しで慧様のご実家から送っていただいたお米が炊き上がるそうです」

「ええ!?」

慧はつい声を出してしまった。

「寮生から聞いたんだ。お前のおにぎりにはいろいろポリシーがあるってな。あと、おにぎりのご飯は炊き立てでないと駄目だというのもあると聞いていたから、今、米を炊かせている」

「きちんとした炊飯器があるのか？」

身を乗り出してしまった。まずい。テンションが上がる。米は結構好きだが、親に日本から送ってもらっている米を、圧力機能などが付いた炊飯器で炊いたものに限るので、デルアン王国にいる間は無理だろうと諦《あきら》めていたのだ。

「ああ、お前がここに来るまでには間に合わなかったが、今朝、到着した」

「炊飯器には煩《うるさ》いんだが、ちゃんとしたやつだろうな。なんちゃっては駄目だぞ」

「お前の実家に問い合わせて、同じものにした。電圧も問題ない」

先程から話題に出る実家うんぬんの報告はちょっと引っ掛かるが、炊飯器の前には霞《かす》む案件だ。

「シャディール、今、生まれて初めて君に感謝という気持ちを抱いたよ、ありがとう」

「初めてなのか？　おい」

彼が呆れた表情でこちらを見てきたが、構わない。事実だ。すると背後からまたオルゲの声が聞こえてきた。

「殿下、お米が炊き上がりましたが、こちらにお持ちすればよろしいですか？」

「キッチンに行く」

慧がシャディールを押しのけて立ち上がれば、彼も後からついてくる。王子がキッチンなどに顔を出すなんて前代未聞ではないかと思うが、気にせず慧はさっさと広い回廊を歩き、オルゲの案内のままキッチンへと向かった。

どこかのスタジオのように広いキッチンには、たぶん慧のために雇われたであろうアメリカ人らしき和食のシェフがいた。キッチンカウンターの上にはおにぎりの具などが既に並べられている。

「殿下、慧様、今ご飯が炊き上がったところです。一応、日本式に軟水で炊きました」

「それでいいのか？　慧」

「問題ない。よし、早速握るぞ。時間との勝負だ」

慧は袖《そで》を捲《まく》り上《あ》げると、手を洗った。シャディールは不思議そうに慧を見るばかりだ。

「なぜそんなに炊き立てに拘《こだわ》るのか？」

「ああ、そうだな。冷凍ご飯や保温したご飯じゃ美味しくないんだ。炊き立ての熱々のご飯で握ったおにぎりだと、時間が経《た》って冷めても美味しいんだ。その違いに驚くぞ」

「へえ……そんなに違うのか？　だが、私はおにぎり自体、食べたことがないから違いがわからないが、いいか？」

「いいさ、美味しいと思ってくれればいい。あ、申し訳ないですが、この海苔《のり》、少しだけ炙《あぶ》ってもらっていいですか？」

慧は早速そこにいたシェフに声を掛け、てきぱき動き出した。

「少し炙ると香りがいいんだ。あと、祖母や母は熱々のご飯を、ちょっと水で濡《ぬ》らした素手で手早く握ってくれたが、私には熱過ぎて無理だから、ラップで握るんだ。塩は……岩塩か。ちょっとパンチが足りないけど仕方ないな」

慧は炊飯器を開け、輝く米に一際《ひときわ》感動すると、早速おにぎりを作り始めた。

「シャディール、具を選ばせてやるから、好きなのを言え」

カウンターの上には分厚く切ったステーキやオマール海老《えび》、トリュフ。フォアグラにイクラ、更にキャビア、スモークサーモンなど、おにぎりの具にしては豪華な食材が並んでいる。

「そうだな、オマール海老にキャビアを少し。それにこのアルマンドソースを付けてくれ」

「このセレブめ。フン、大基本の梅とおかかがないのがまだまだ甘いな。そうだな……君の選択にチーズもプラスしよう。ご飯が熱いからチーズが蕩《とろ》けて、相性がいいと思う」

慧は鼻歌交じりでおにぎりを作り出した。自分でも驚くくらいテンションが高い。久々に高揚した気分を味わう。パブリックスクール時代に戻ったような不思議な感覚だ。

「慧はどうするんだ？」

シャディールが渡されたおにぎりに適当に海苔を巻きつつ聞いてくる。

「う～ん……イクラにスモークサーモン、ちょっぴりオランデーズソースを垂らして……わさび、あ、西洋わさびじゃ駄目なんだよな。仕方ない。今回はなしにするか」

「それも美味しそうだな。私にも一つ握ってくれるか？」

「ああ、幾つか握ろう。適当にここの食材を併せて、オルゲや皆の分も握ろう」

「いいのか？」

「いいも何も、私も食べたかったんだから、ついでだ。君に上手いこと乗せられたのは癪《しゃく》

だが、パブリックスクール時代のことを思い出して、何だか楽しいよ。よし一気に作って、ディナー前だけど食べようか」

「ディナーは遅らせればいい」

それから何だかんだと、幾つもおにぎりを作った。中にはあり得ない組み合わせのおにぎりもあり、罰ゲームのように試食して、お互い子供のように笑い合った。シャディールと一緒にこんなにはしゃいで、笑って話をしたのは久しぶりだ。

使用人も最初は王子がキッチンにいることに驚いていたが、次第に受け入れ、皆が笑顔で二人のやりとりを見守ってくれた。


「やっぱり美味しい！」

部屋に戻って来て、慧とシャディールは先程作ったおにぎりを頬張《ほおば》っていた。

「海苔がパリパリなのも美味しいが、海苔の香りがいいと水分を含んでしんなりしたのも美味しいんだよな」

「海苔か……よくわからない食感で、味もないから何とも……だが、慧がこんなに喜んでくれるなら、海苔も色々揃《そろ》えてみよう」

真顔でそんなことを言ってくるシャディールに慧は一瞬呆気《あっけ》にとられ、そしてとうとう我慢できずに噴き出してしまった。

「君はどこまで私を甘やかすつもりだ？　さっきも君がキッチンで、しかも海苔まで巻き出すから使用人が皆、びっくりしていたぞ。王子がやることではないだろう？　しかも君が、あの君が……海苔を……あ、ごめん。ちょっと笑いのツボに入った……はは っ」

「……笑い過ぎだ、慧」

「悪い……だが、ちょっと……はは……」

涙が出てくるのを指で拭《ぬぐ》って、シャディールを見ると、彼が憮然《ぶぜん》とした表情で慧を見つめていた。

「前にも言ったが、お前相手だと私もすっかり奴隷気質が身に付いているということだ」

「ほら、口許《くちもと》にご飯粒を付けて言う言葉じゃないだろう、王子様が」

慧は笑いを堪《こら》えながら、シャディールの口許に付いていたご飯粒をとってやった。シャディールもシャディールで、されるがままである。獰猛《どうもう》な野獣かと思っていたら、実は従順な大型犬だったようだ。

「慧、お前の作った料理がもっと食べたい」

ご飯粒を取った手を捕らえられる。

「毎日じゃなくてもいいんだ。時々、こうやってお前の料理が食べたい」

「君専属のシェフがいるんだろう？」

本来、王子の食事を作るのは簡単なことではない。毒殺などの可能性もあるので、信頼のおける決まった料理人しか作ることが許されない。

「君は私が君を毒殺するとは思っていないのか?」

「思ってないが、まあ、慧になら毒殺されても文句は言わないから大丈夫だ」

奪われた指先に彼がキスをする。シャディールは慧の指先に口づけるのが好きだ。そういえば彼がファグであった時もそうだったかもしれない。それは大切な宝物のように慧の指先にキスをするのだ。

「……大丈夫じゃない。君が文句を言わなくても、私は王族殺しで極刑は免《まぬが》れないだろう。君が死ぬのは勝手だが、私を巻き込まないでくれ」

「え、では私は一生、慧の作ったご飯を食べられないということか?」

彼があからさまに落胆した表情を見せる。それを見た慧は、ファグマスターであった時の気質が残っているのか、どうにかしてやりたいという気持ちが湧き上がってくる。きっとこの時点で、シャディールの思惑に嵌《はま》っていると知りながらも。

「はぁ……大したものは作れないぞ。いいか、間違っても私の料理で死ぬなよ」

そう言ってしまうと、シャディールの人の悪い笑みがちらりと見えた。

「私は愛されているな」

「どこがだ。んっ……」

捕らえられていた手を引っ張られたかと思うと、唇を塞がれていた。彼の胸を捕らえられていない手で押し返すと、彼が唇を解放した。

「慧の唇にご飯粒が付いていたから、とっただけだ」

「ついてないだろ」

「見間違いだったかもしれないな。だが慧の唇にキスがしたい」

「シャディール……」

再び唇を奪われる。手首からシャディールの手が離れても、逃げようとは思わなかった。それよりか無意識に彼の指に自分の指を絡ませる。

「愛している、慧――」

彼が慧の下唇を甘く噛《か》みながら囁いた。その言葉を慧はきつく目を閉じて拒んだ。

いつか別れる恋に溺《おぼ》れたくない。愛すれば愛するほどその辛《つら》さに耐えられないことはわかっていた。だがその思いを彼に悟られるのもプライドが許せない。何でもない顔をして彼と別れたい。

本当に私は面倒な男だな――。

そう思いながら、慧は自分に覆いかぶさるシャディールの瞳を見上げた。彼の空のように蒼《あお》い瞳が慧をしっかりと捉《とら》えていた。慧はシャディールの両頬《りょうほお》に手を添え、相反する思いに翻弄《ほんろう》されながら、そのままキスを深いものにする。

ゆっくりとソファの上に押し倒される。シャディールの手が、慧のシャツを捲り上げ、滑り込んできた。

「以前に話した、リエーフという名前のことを覚えているか？」

覚えている。母に呼ばれ、また心を許した人間にしか呼ばせない彼の愛称、ロシア語でライオンという意味の言葉だ。パブリックスクール時代、これ以上、彼との間に特別を作りたくなかった慧は、リエーフという名前を無理やりベッドの上では呼ばされることはあっても、日常ではとうとう呼ぶことはなかった。

「呼んでくれないか？　お前のその声で――」

彼の懇願に胸がきゅっと切なく締め付けられる。それでもその痛みに耐えて、慧は己《おのれ》の矜持《きょうじ》だけで彼を挑発した。

「簡単には呼んでやれないな。そんなに呼ばせたいのなら、呼ぶように君が努力したらどうだ？」

「なるほど、それは正論だ」

シャディールは色香を含んだ双眸を細めると、慧の素肌を弄《いじ》っていた指を無遠慮に胸元へと這《は》い上《あ》がらせた。

＊＊＊

慧はいつの間にか寝室のベッドで寝かされていた。隣へ視線を移すと、滑らかな小麦色の筋肉を纏《まと》ったシャディールが、その美しい裸体を晒《さら》したまま静かに寝ている。

その引き締まった躰や端整な顔つきは、その愛称の通り、リエーフ、ライオンのようだ。

伏せられた瞼《まぶた》を縁取《ふちど》る睫毛《まつげ》は金の糸にも見え、とても繊細な美術品を見ている気がしてくる。

『愛している、慧――』

思い出すだけで胸が震えた。本当は自分も愛の言葉を返したかった。

でも彼の愛を受け入れたくない。将来、何人も妻や愛人を持たなければならない彼の立場はわかっているが、それを慧が受け入れられるかどうかと言えば、否だ。彼の愛を受け入れるということは、彼が他の人間を愛することも許容しなければならない。

どうせ彼の『愛する』という言葉は、慧が思うほどの重みのないものである。

そう思い込もうとするのも、彼の言葉を重く受け止めないように防御が働いているせいだろう。

莫迦《ばか》だよな……。

慧にずっと執着するシャディールも、そしてこの関係に結局終止符が打てず、心地良ささえ感じてしまう自分も、本当に大莫迦だ。

だが、そう思いながらも彼の寝顔をずっと見続けていると、性懲《しょうこ》りもなく愛《いと》しさが募ってくる。誤魔化《ごまか》しきれない思いが胸に溢れて、苦しくなった。

愛しているよ、シャディール。たとえ一緒にいることができなくても……。

心の中だけで愛を告げ、シャディールを起こさないようにそっとベッドから出る。

寝室に隣接している浴場に行き、躰を清めていると、慧が入ってきたのとは違う入り口からオルゲが着替えを持って現れた。

「慧様、どうぞ」

「ありがとう、オルゲ」

彼はパブリックスクール時代から、慧とシャディールが一緒にいることを快く思っていない人物の一人だ。慧がこの宮殿にいることにも、きっとあまり良い感情を持っていないだろう。

「君も私に早くここから出て行って欲しいだろうな」

「慧様……」

「大丈夫だ。近々、仕事を辞めようと思っている。そうすれば私がシャディールに保証人になってもらう必要がなくなるから、この宮殿から出て行ける」

慧は少し前から考え始めていたことをオルゲに伝えた。このままウォーレンの父親の会社に勤めていれば、シャディールとの縁を切るのは難しい。やりがいのある仕事だったが、この仕事を辞めてデルアン王国から出て行くしかなかった。

「慧様、殿下は慧様とお会いする前は、刹那的に生きていらっしゃいました。わたくしもそれが普通だと勘違いしており、イギリスに渡った時の殿下の変わり様を見て危機感を覚え、殿下のためにと慧様に銃口を向けてしまいました。それはわたくしが殿下に対して勝手な幸せを描き、尽くしていたからです。本当にその節はご迷惑をお掛け致しました」

　オルゲが急に堰《せき》を切ったかのように話し始めた。

「オルゲ……」

「あれから慧様と離れてお暮らしになった殿下は、大変無理をされておりました。わたくしが幸せだと思っていたことが殿下を不幸にするものだと改めて知りました。殿下は今まで多くのものを失っております。ですから愛する者だけは失って欲しくはないのです。慧様のお命を狙《ねら》ったわたくしが言うのはおかしいかもしれませんが、殿下の大切なものがまた奪われないように、わたくしも全力を尽くしたいと思っております」

　オルゲの言葉に慧は息が止まりそうになった。

「大切なものが奪われる？　この六年でシャディールに何かあったのか？」

「……元々ご親族から財産の一部や名誉職などを強請《ねだ》られ、それを惜しげもなくお渡しになっておりました。すべては母君である王妃殿下に危害が及ばないようにとのご配慮からでした。そして昨年、殿下は自らのご意志で、王位継承権を放棄されました」

「っ……」

初耳だ。シャディールは一言もそんな話をしたことがない。

「国王陛下は以前からシャディール殿下の資質をお見抜きになり、王太子にとも考えていらっしゃいました。ですので、殿下が王位継承権を放棄された時は大変な騒ぎになりました。そこを義兄上である第一王子のお力を借りて、国王陛下をどうにか説得されました」

「な……どうして……」

「それから政敵になりうる一派らの力を削ぎ落《そお》とすことに時間を費やし、今後の王国の安泰、そしてご自分の立場を確立されました。今は第一王子の補佐をされています」

六年前、銃口を向けられた時と同じ、いやそれ以上に真剣な目を向けられた。

「わたくしから慧様にお聞きしたいことがあります」

「何……だ？」

「どうしてここからお逃げになろうとしないのですか？　監禁しておりませんし、部屋に鍵《かぎ》を掛けてある訳でもありません。この宮殿を出ようと思えば出られるはずです」

「え……」

思いも寄らないことを尋ねられ、慧は一瞬固まった。言われてみればそうだ。

「慧様ならいくらでも逃げる手立ては考えつきましたでしょうに」

「あ……」

なぜ逃げないのか？

慧は声を振り絞って答えた。

「――ここを逃げ出さないのは、保証人の件があるからだ。逃げたら仕事を放り出すことになる。社会人として、それはあるまじき行為だ」

そうだ。この国は保証人がいなければ外国人は働けない。だからここに留《とど》まってシャディールに保証人になってもらっている。逃げない理由はそれだ。

慧は、自分に強く言い聞かせる。だが、目の前の彼にはそれが真実には聞こえなかったようだった。更に追及される。

「それだけですか？　本当にそれだけで、この宮殿に留まっていらっしゃるのですか？」

「な……」

慧は反射的にオルゲから視線を外した。彼に本音を見透かされそうで怖くなった。

「慧様は、本当は殿下のことを愛しておられますよね？　そうでなければこんな理不尽な状態をいつまでも続けられるような方ではないはずです。違いますか？」

オルゲの追及に、慧は次第に心が耐えられなくなっていった。本当はここを去る前に、誰かに自分の本音を吐き出したかったのかもしれない。

その証拠に、いつかその本音がシャディールの耳に入ったら、それはそれで嬉しいと思う自分がいる。別れることが前提なのに、思い出して欲しいと願う自分がいた。そしてその思いに簡単に負けてしまった。

「はっ……そうだな、すべて君が思っているように建て前を言っているだけだ。本当は彼と一緒にいることで居心地が良くて、逃げるなんてことはまったく思いつかなかった」

六年間も会っていなかったとは思えないほど、自然にシャディールと過ごしていたことに、そんな彼を拒めなかったことに、自分の心の弱さが露呈した気分になる。愛しているという感情は、人を強くもするが、時に弱くもする。流されて足を掬《すく》われるのだ。

「では、このまま殿下の御傍に――」

オルゲは安堵《あんど》の溜め息を零したが、慧は首を横に振った。

「悪いが、私は自分が可愛《かわい》いんだ。これ以上、彼とのことで傷つきたくない自分がいる。それにシャディールにも、もう何も失って欲しくない。彼とはこれで最後にしようと思う」

「慧様……」

オルゲの瞳がみるみるうちに大きく開いていくのを、慧はただ静かに見つめていた。

◆　Ｖ　◆

遠くにカモメの鳴き声を耳にする。デルアン王国は、国土の八割は砂漠であるが、海に面しており、古くから海洋貿易が盛んな国である。

大航海時代などはアフリカの東海岸までその勢力を伸ばして栄えていたので、当時は敵国や海賊などに襲撃されることが多々あり、町の至るところに当時の面影《おもかげ》を残す砦《とりで》や城が点在している。そうした歴史的建造物も観光収入源の一つで、このデルアン王国には大勢の観光客が訪れていた。慧《けい》も観光でこの国に来ていれば、保証人も何も関係なく、海沿いの洒落《しゃれ》たレストランでカモメの鳴き声を聞いていたかもしれない。

ここに来て一週間ほど経《た》っていた。相変わらず慧はハレムから外出することなく、電話やパソコンを使い、仕事を進めていた。

シャディールも色々と忙しいようで、慧がここに連れて来られてから、まだ一度も休みをとったところを見たことがない。毎日公務で昼間は宮殿を留守にしていた。

今朝、シャディールが出掛ける前に、二人で首都デュアンとその先にある海が一望できるテラスで朝食をとっていた。するとシャディールが思いがけないことを言ってきた。

「急にウォーレンから連絡があって、昼にお前に会いにこの宮殿に来るそうだ」

「え？　ウォーレンが？」

慧はお気に入りのオムレツから顔を上げた。相変わらず色男のシャディールと目が合う。

「昨夜、デルアンに着いたらしい。それで今日の午前中に早急の仕事だけ片づけて、昼からお前に会いに来るとのことだ」

「新しいスマホの番号、教えておいたのに、私には連絡がなかったな」

「ああ、ついでに慧にも言っておいてくれと頼まれたんだ」

「王子様を連絡係にするとは、あいつもいいご身分だな」

そう言いながら慧は知らぬ顔をしてオムレツを口にした。

ウォーレンの急な来訪には心当たりがあった。先日、ウォーレンには会社に辞表を出したいという相談をしたのだ。引き留められたが、たぶんそれについての話だ。

「せっかくだから、ウォーレンと観光に行ったらどうだ？」

「え？」

それこそ予想外の提案を耳にし、慧は再びシャディールの顔に視線を向けた。

「お前をまだ一度も観光に連れて行ってやれていないからな」

シャディールがそんなことを気にしているとは気づかず、耳を疑ってしまった。

「ウォーレンと行って来るといい。車は用意させる」

彼の気遣いにどこかむず痒《がゆ》さを感じて、いつものことだが慧は素直に礼の言葉が言えなかった。

「いいのか？　逃げるかもしれないぞ」

そんな小憎らしいことを口にしてしまう。

「ウォーレンとか？　もし逃げたのなら、今の高速道路の工事は白紙に戻すが、それでもいいなら好きにしろ。ただしどこへ逃げても捕まえるがな」

「……じゃあ、逃げ損ってことじゃないか」

「それが理解できるのなら、逃げないことだ」

にやりと笑みを浮かべて言われ、慧は少しだけ頬《ほお》を膨らませ、不服であることを主張しておいた。


シャディールが公務に出掛けた昼過ぎ、入れ替わりにウォーレンが宮殿に姿を現した。

しかしその隣にはシャディールの義弟、カデフも一緒だった。

「シャディールに町を案内するように言われたんだ。今日は僕が案内するよ。車も小さめのロールスロイスだから、小回り利くし」

と言って、連れて行かれた先には、小さめという言葉が当てはまるのか甚《はなは》だ疑問の残る大きなロールスロイスが停《と》まっていた。生成《きな》りの色をした革で統一された車内は、十人くらい座れる広さがあった。そこに三人で乗る。車窓から見えるのは近代的なビル群だ。青い空が鏡のようなビルの窓に反射して、すべてが青に染まっているように見えた。青の空間に閉じ込められた感覚に陥る。

昔ながらのアラブらしい景色は観光地区かテーマパークに行かないとないらしい。

大きな通りを車で走ると、正面に大きな看板が見えた。正装をした二人のアラブ人の顔が大きく描かれているものだ。慧の視線の先に気づいたのか、正面に座っていたカデフが説明してくれた。

「シャディールや僕の父上だ。隣に描かれているのが長男の第一王子で、今は外務大臣をやっている。頭のいい義兄上だ。彼が今、王太子の最有力候補なんだ」

「最有力候補？　まだ王太子は決まってないんですか？」

「ほとんど第一王子に決まっているけど、まだ父上からの勅命は出てない。だから今の王太子は父上の弟、僕たちの叔父のままになっている」

色々と理由がありそうだと思いながらも、突っ込んだこともあまり聞けないので、相槌《あいづち》を打つしかない。

「僕たち王子は全員、仲がいい訳じゃないんだ。幾つか派閥がある。王位にあまり興味がない王子はまだしも、そうじゃない王子は様々な画策をし、揉《も》め事《ごと》を起こしている」

先日のオルゲの話を思い出す。国王も一目置《いちもくお》いていたというのに、シャディールは継承権を捨てた。

自分の存在が、彼の足枷《あしかせ》になっていることを感じずにはいられない。

「父上はそういう事情もあって、全員を納得させ、纏《まと》めることができる人間を王太子にしたいと願っておられるんだ。だから王太子をしっかりと決めずに、暫定的に叔父になってもらっている」

「これだけ繁栄しているデルアン王国を纏めるというのは、並大抵のことではありませんしね。国王陛下が慎重にならざるを得ないのもわかる気がします」

当たり障りのないことを口にしておく。

「そうなんだ。この繁栄を持続だけでなく発展させていかなければならないから、欲だけで王位を狙《ねら》うような輩《やから》は、何としてでも阻止しないといけない」

だからこそこの六年間、シャディールはそういった輩の力を削《そ》いでいたのだろう。慧がいなければ表舞台に立って頼もしい王子として国民に称賛されていたに違いない。慧は思わず口を閉ざした。すると隣に座っていたウォーレンがその後を続けてくれた。

「元々シャディールは王位を狙っていなかったはずですよね。彼は、本当はこの国の呪縛《じゅばく》から逃げるつもりだったと、以前聞いたことがありますから」

え？　逃げる――――？

ウォーレンの話に慧は神経を集中させた。

「シャディールは母上のこともあるから、結局はこの国で生きることを選んだんだよね。だから誰かさんとの仲も危うくなりそうだったけど……」

誰かさんというのは自分のことか――――？

慧は一瞬固まりながらも、気づかぬふりをして顔に笑みを張りつけた。だが、

「なあ、慧。シャディールと誰かさんは、今からが正念場じゃないのかな？」

ウォーレンがいらないところで声を掛けてくる。慧は忌々《いまいま》しく思いながらも、何でもないように答えた。

「シャディールのことはよく知らないので、私に聞かれても答えようがない」

「と、こんな風なんだ。シャディールも先が思いやられると思うぞ」

勝手に慧の言葉尻《ことばじり》をとって、話を続けたウォーレンをとりあえず睨《にら》んでおく。するとカデフが笑いながら話し掛けてきた。

「慧も覚えておくといいけど、この国は第八王子までは自動的に王位継承権が与えられる。それは言い方を変えれば、王太子を決める際、ジャッジをする人間の一人になるということを意味する。王太子になりたい人間は王位継承権を持つ者を納得させ、彼らを纏め

る力がいるからね。そういう理由から王太子争いに自然と巻き込まれることになる」

「巻き込まれる……」

「そう、シャディールは第六王子で、王位継承権の保持者の証《あかし》として『星継《ほしつぐ》の剣』を持たされている。王位継承権を辞退したといっても、その剣はまだ手元にあり、父上が王太子を決めた時に、その王太子に剣を渡すという役目が残っている。剣にまつわるいざこざは多い。慧もある程度は覚悟をしておくといいと思うよ」

「覚悟……」

「無能であるのに剣を欲する愚か者がいることも覚えておいて欲しい。脅迫紛いなこともあるかもしれない」

「脅迫……」

何やら急にきな臭い話になってきた。シャディールと一緒にいると、まるでパブリックスクール時代の延長のような気持ちになり、悠々と日々を過ごしていたのに、周囲ではそんなことが起きているなんて考えてもいなかった。

「カデフ殿下、あまり慧を脅すのは駄目ですよ」

慧が急に黙り込んでしまったのをウォーレンがフォローしてくれた。

「脅すつもりはないけど、これからシャディールと共にいるのなら、シャディールを守るためにも、慧にある程度は知っておいて欲しいだけだ」

これからシャディールと共にいるのなら——。

胸がズキンと痛んだ。同時に切なさが湧《わ》き起《お》こる。どう答えていいかわからない慧に、カデフの言葉が続く。

「シャディールもウォーレンも、慧には甘いよね。でもその甘さがよくない。一度、慧にはきちんと説明したほうがいいと思うよ」

「まあ、それはまたシャディールと考えるよ」

そう受け答えをするウォーレンに、慧は何となく彼がシャディールと二人で慧を危険から遠ざけるよう動いているような気がした。

「ウォーレン、何かあるのなら、説明を怠らないで欲しい。こちらとしては何も知らされないほうが不安を煽《あお》られるぞ」

「お前たち二人が色々と拗《こじ》れているから、難しくないことが、難しくなっているんだ。とにかく俺一人では手に負えん。シャディールと二人でまた説明する」

「シャディールと私は別に拗れていないぞ」

「自覚がないのなら重症だ」

「何が重症だ。べつ……」

慧がウォーレンに抗議しようとした途端、カデフの声に遮られた。

「ああ、ゴールド・スークに到着したようだよ。まずはここから観光しよう」

カデフとウォーレンは絶対結託していると思いながら、隣に座ってカデフと楽しそうに会話をするウォーレンを、慧はひと睨みしたのだった。

そのアーケードはどこを見ても宝飾店だらけであった。金、金、金で埋め尽くされた店で、客引きの店員が観光客に声を掛けている。ウィンドウのショーケースには、誰が買うのだろうかという珍品から、国家予算のような金額の首飾りまで並んでいた。

慧たちは幾つか観光客を相手にしている店をひやかした後、カデフに連れられ、今までの店とは明らかに一線を画す、高級宝飾店へとSP共々入った。

「ここは宝石の加工もしていて、王室御用達《ごようたし》の宝飾店の一つなんだ。我が国の産業の一つで、美しく宝石が磨かれているところをお見せしよう」

カデフがそう説明していると、奥から声が掛かった。

「カデフ殿下、お待ちしておりました」

前もって連絡をしていたのだろうか。奥から身なりのいい男が出てきて、カデフを歓迎する。二人が色々と話している間、慧はウォーレンと二人、ショーケースに収められた、今までの店のものとは格が違うだろう宝飾品を眺めていた。するといきなりウォーレンがまったく宝石とは関係ない話をし始めた。

「慧、お前ってさ、以前から彼女を作りたいって言いながら、作っては、実際は長続きさせる努力をせず、別れるよな」

ウォーレンが一点の宝石に視線を向けながら、そんなことを言う。慧も彼が見つめているのと同じ宝石に視線を落とし、答えた。たぶん傍目《はため》からは、二人で宝石について話しているように見えるだろう。

「努力をせず、別れるって……努力はしているつもりだが？」

「そうかな。いつもどこかで『恋愛』から逃げている感じがしていたよ。彼女が本気になると弱腰になったり……。彼女ができない、できないって言うが、本当は愛する人が他にいて、その誰かが忘れられないから彼女が作れないいんだろうなって思っていた」

「ウォーレン……」

「実際、慧は身持ちが固いし、お前をそうさせている誰かがいるんだなって、透けて見えていた」

彼の瞳《ひとみ》がやっとこちらへ向けられた。

「お前がどう自分で否定したって、好きなんだろう？　あいつを。シャディールを」

「っ……」

慧もわかっていた。十八歳の時にシャディールとはきっぱり縁を切ったはずなのに、ずっと忘れられず、理由がなければ一緒にいられない彼を、自分が本当はどう思っているのかなんて、ウォーレンに問われなくてもわかっている。

だがそれでも自分の考えを否定し、この恋に蓋《ふた》をして葬《ほうむ》りたいのだ。

「……嫌いだよ。だがもし好きだとしても、そんなに簡単に解決することじゃない」

「慧……」

その時だった。突然目の前のガラス窓に何かがコンコンと当たった。視線を外へと向けると、そこにはアムルの姿があった。慧に向かって手を振っている。

「どうして、ここに……アムル」

慧はウォーレンと一緒に、店の入り口へと出た。

「アムル！」

「こんにちは、慧様。今日はこちらでお買い物ですか？」

アムルが笑顔で慧を迎えてくれた。

「ああ、買い物というか観光に来たんだ。アムルはどうしたんだい？」

「学校の帰りです。偶然慧様のお姿を見掛けたので、学校の皆と別れて、こちらへ来てしまいました。あの、こちらの御方は……」

アムルが遠慮がちにウォーレンを見上げた。

「ああ、この男は私の会社の同僚で、学生時代からの友人、ウォーレン・ランバートだ。ウォーレン、こちらは宮殿で私の身の周りの手伝いをしてくれるアムルだ」

「アムルです。初めまして」

「初めまして」

にこやかに挨拶《あいさつ》を交わすと、アムルが改めて慧に笑顔を向ける。

「慧様、観光でこちらへいらっしゃったのなら、あちらの通りにできた新しいアイスクリームショップはご存じですか？」

「アイスクリームショップ？」

「今、地元で大人気の店なんですけど、イタリアの老舗《しにせ》ブランドがアイスクリーム業界に進出して、海外第一号店がすぐそこにオープンしたんです。珍しいフレーバーがたくさんあって、とっても美味《おい》しいし、面白いんです。一緒に行きませんか？」

アムルが目をきらきらさせて誘ってきた。きっととても美味しいアイスクリームなのだろう。彼にはいつも世話になっているので、そのアイスクリームをご馳走《ちそう》したくなる。だが今日はカデフと観光に来ているのもあり、日を改めたほうがいい気がした。

「今、カデフ殿下と一緒にいるから、また日を改めて……え？」

いきなりアムルに手を引っ張られる。

「じゃあ、カデフ殿下の分も買いましょう。すぐそこなので」

「え？　アムル？」

アムルにしては強引な誘いに、慧は一歩二歩と歩道に出た。

「待て、慧！」

すぐ後ろからウォーレンが声を掛けてきたので振り向いた。その時だった。

キキイィッ！

背後で、急ブレーキで車が止まった音がした。その音に反応して首を巡らせれば、顔を黒い覆面で隠した男たちが慧の背後から襲い掛かってきた。

「アムル！」

思わず自分のことより、すぐ傍《そば》にいたアムルに意識を集中させてしまったことで、慧自身は男たちに簡単に拉致《らち》されてしまう。

「慧っ！」

そこにウォーレンが飛び込んできた。

「ウォーレン！」

だがウォーレンも男たちに捕まる。すぐに外の騒ぎに気づいて、カデフとＳＰが店の外に出てきたが、その時には既に慧もウォーレンも、そしてアムルも見知らぬ黒いバンに放り込まれていた。

「車を出せ！」

鋭いアラビア語と共に、車が急発進する。カデフのＳＰが止めようとバンのドアを激しく叩《たた》くが、それをも振り払って、猛スピードで車は走り出した。

口を覆われた布に薬が沁《し》み込《こ》ませてあったのか、慧の意識がどんどんと遠のく。一緒に拉致されたウォーレンやアムルを確認したが、彼らは既に意識を失っていた。

あ……シャ……ディール……。

慧の意識も真っ暗な闇《やみ》へと落ちていった。

＊＊＊

規則正しく寄せ返す波の音がすぐ近くで聞こえる。慧はどこか懐かしい思いを引《ひ》き摺《ず》りながら目を覚ました。辺りは真っ暗だが、上のほうに四角い小さな窓が幾つかあり、そこから月明かりが差し込んでいる。

「ここは――――」

自然と声を漏らすと、すぐ隣で人が動く気配がした。

「ここはたぶんデルアン王国の遺跡、砦の一つだと思う。海沿いに幾つも放置されたままの砦があると聞いている。こういった賊がアジトにするにはうってつけだな」

「ウォーレン……」

ゆっくりと暗闇に目が慣れてきて、ウォーレンの顔が見えてきた。

「大丈夫か？　どこか痛いところはないか？」

「ああ、大丈夫だ。ウォーレンこそ怪我《けが》はないか？」

「それは問題ないが、どうやら俺たちは誘拐されたようだ」

「そのようだな。ウォーレン、この状況に心当たりはあるかい？」

「ある」

ウォーレンの返事に、慧は双眸《そうぼう》を細めた。

「どういうことだ？」

ウォーレンの表情が大きく歪《ゆが》むのがわかった。

「こんな状況に陥ったからには、慧、お前にはすべてを白状する」

「白状？」

慧は眉間《みけん》に皺《しわ》を寄せた。白状とはこれまた物騒な物言いだ。

「今日、俺とカデフはわざとお前を外へ連れ出した」

「わざと？　どうして？」

「少し前になるが、今日、シャディールの宮殿を、とある王子の一派が襲撃することを突き止めたからだ。それでシャディールがわざわざ俺をアメリカから呼び、お前が巻き込まれないように宮殿から遠ざける作戦を練った」

「な……襲撃って、シャディールは無事なのか？」

シャディールの身に危険が迫っていると思っただけで、慧は躰《からだ》が急激に冷えるような感覚に襲われた。

「わからない。だが、それなりの準備をしていたから、たぶん大丈夫だろう」

「な……シャディールは私には何も言ってなかったぞ」

普段と変わらない様子だった。確かに急に観光に行って来いと言ったことには違和感があったが。

「昼間に車の中でもカデフが話していたのを聞いたと思うが、シャディールはお前のことが一番だ。お前を不安にさせないように、色々と画策している。今日もお前が観光に出掛けている間にすべてを済ませる予定だった。そのためにカデフに頼んで、彼のSPでさりげなくお前を警護していた」

裏でそんなことが行われていたとは思いも寄らなかった慧は、ただただ驚くしかない。

「とりあえずカデフが、我々が誘拐された現場を見ているから、既に救出に動いていると思う。助けに来てくれるのも時間の問題だ。だから我々はなるべく時間稼ぎをしないとならない。何かあったら、それを念頭に置いて行動してくれ」

「わかった。あとウォーレン、君はいつからそんなにカデフと親しいんだ？　殿下と呼ばないし」

この非常時だが、一国の王子であるカデフ相手にあまりにも馴《な》れ馴《な》れしいので、つい気になってしまった。どう考えても以前から顔見知りであるのは間違いない。

「ああ、しまったな、ばれたか。実はカデフとはかれこれ五年以上の知り合いだ。シャディールの義弟だから、自然と知り合いになった」

その答えに慧は更なる疑問を抱かずにはいられなかった。

「ちょっと待て、ウォーレン。君はいつからそんなにシャディールと繋《つな》がりが太くなったんだ？　ヴィザール校では普通の上級生と下級生くらいの間柄だっただろう？」

ウォーレンは慧の元セックスフレンドということで、シャディールもあまり積極的にウォーレンに接触していなかったことを知っている。それなのになぜ、二人が示し合わせたようなことをしているのか、二人の関係性がよくわからない。

「俺たちが卒業するちょっと前に、シャディールからお前のことを頼まれた。いつも尊大な態度だった彼が、真剣な顔をして頼んでくる姿に、俺もさすがに絆《ほだ》されて、それから協力するようになったのがきっかけだ」

「協力する？」

また気になる言葉が出てきた。しかもこの話から、彼らが結託して何かをしたのは、今回だけではないこともわかる。

「あ！」

一つ思い当たることが浮かんだ。

「……まさか、君が私をこの会社に誘ったのもシャディールの仕業《しわざ》だというのか？」

「いや、慧を父の会社に引き抜きたかったのは、慧の能力からだ。ああ、でも、女性上司のセクハラで落ち込んでいた慧に、今、誘いを掛ければ、うちの会社に入ってくれるかなって、タイミングは計っていたかな」

「まったく小賢《こざか》しいよな……。でもあの時は第一志望だったテクノロジー会社に入社できたこともあって、なかなか転職を考えることができなかった。君が会社に誘ってくれなかったら踏ん切りがつかなくて、今どうなっていたかわからないから、助かったよ」

「まあ、あのままだとシャディールがあの女上司を殺しそうな勢いだったしな。あの女をインターネットがまったく繋がらない島に左遷させることで、どうにか溜飲《りゅういん》が下がったようだが……。本当に穏便に済んで良かった」

ウォーレンはそんなことを呑気《のんき》に言うが、内容が何とも地味に怖い。

先日、シャディールと会ったばかりの時に、

『慧、お前が女を見る目がなさ過ぎるから、現実に早く気づくように、少し手を加えて、追っ払ってやったんだぞ』

などと、偉そうに言っていたことを思い出す。

「そういうことか……。あいつ、本当に私の女性関係、全部把握して、あの女上司のことも裏で動いていたのか。だから私だけお咎《とが》めなしで会社にいられたんだ……」

六年間、関係が切れていたとずっと思っていた自分は、完全に彼に裏をかかれていた。

「ああ、まったく怖いな。そんな執念深い恋人、俺だったら、ちびるレベルだぞ。なのにお前はそれが嬉《うれ》しいって思うんだろう？」

「は？　誰が嬉しいなんて思うか」

「嘘《うそ》だ。慧、お前、今、自分が嬉しそうな顔をしているって気付いていないのか？」

「え……」

慌てて自分の表情を引き締める。ポーカーフェイスは十八番《おはこ》なのに、感情が顔に出るなんてあるまじき失態だ。いや、嬉しい顔なんて絶対していない。きっとウォーレンがからかったのだ。慧は改めてウォーレンをじろりと睨みつけた。

「別に嬉しそうな顔なんてしてない。大体、シャディールは私にそんなに干渉しておいて、自分は自由に恋人を作ったりしていたんだろう？　あの男を周りの人間が放っておくとはとても思えない」

性格はともかく、顔やスタイルがいいし、一国の王子だ。群がる人間は星の数に決まっている。案の定、ウォーレンもこれには苦笑した。

「まぁ……そこは仕方ないというか。最初はお前に振られたことでかなり自暴自棄になっていたからな。もしかしてこのまま自堕落な生活から復活できないんじゃないかってところまで落ちていた」

「別に私はシャディールを振っていない。振ろうとは思っていたが、結局彼とそういう話もなく、別れたからな」

「振ったじゃないか。彼がお前に卒業式の日にメモを渡して、待ち合わせしていたのを、一方的に約束を破って、シャディールに会わずに帰っただろう？」

「は？　メモなんて貰《もら》っていないが？」

「いや、今更嘘を言うな。俺は見たぞ。シャディールがお前のジャケットのポケットにメモを忍ばせ、そしてお前はそれに気づいてメモを見たが、そのまま捨てたんだ」

まったく覚えがない。

「さすがに俺もシャディールに同情して、振るならきっちりと本人に会って振ってやれと思ったよ。だから帰り際、お前を車に乗せた時、わざわざ学校の裏手の待ち合わせ場所まで連れて行ってやったのに、そこでもお前はシャディールを無視した」

「学校の裏手？」

思い出すのは、川沿いのボートの道具などをしまう小屋の近くで、人目を忍ぶように一人で立っていたシャディールの姿だ。確か国から緊急の電話が掛かってきていたはずなのに、どうしてかそこにいたのを、車の中から見た覚えがある。

「ちょっと待て」

混乱した。

「私はメモなんて貰っていない」

「いや、貰っている。それに俺はお前がそのメモを見たのも知っている」

待て、待て待て。思い出せ。私はあの時メモを見たか――？

懸命に六年前の卒業の日のことを思い出す。卒業式が終わって、荷物を取りに部屋に戻って、下級生がお祝いの言葉を述べに来てくれて……。いや、その前に何かあったな。そうだ、ポケットに手を入れたら、何も書いていない紙切れが入っていたんだ。それを見ていたら下級生が来て、それからウォーレンが迎えにきてくれて――。

あの何も書いていない紙切れ……あれのことか？

「ウォーレン、私がメモを見ていたというのは、君が部屋に迎えにきてくれた時か？」

「ああ、そうだ。君はしっかりメモを見ていた」

やはりあの紙か！

「思い出したよ。だがあれには何も書かれていなかった。ただの紙切れだった。神に誓って嘘は言わない」

「はあ？　何も書かれてなかった？　俺はあいつがメモしているのも、この目で見たぞ」

「だがポケットに入っていた紙には何も書かれていなかったんだ」

「そんなこと――」

言い掛けて、いきなりウォーレンが口を閉ざした。慧も察して口を噤《つぐ》む。すぐに遠くから足音が聞こえてきた。ウォーレンと慧は目配せをして身構えた。

そして足音を聞きながら、それが大人のものではなくまだ子供ののもののような音であることに気づく。それで、そういえばアムルはどうしたのだろうと、思い当たった。

慧はウォーレンの方を振り返って、口の動きだけで『アムルはどうした？』と尋ねた。

すると、彼が顎《あご》でドアのほうを示した。

ドアの前で足音が止まる。そして――、

「慧様、お目覚めになりましたか？　部屋に入りますね」

アムル！

その声はアムルのもので、そしてドアが開いた先にも間違いなく彼がいた。手にはパンとスープを載せたトレイを持っている。どう考えてもその状況は、彼が慧たちと同様の人《ひと》質《じち》には見えなかった。

「お怪我はありませんか？　絶対慧様に怪我はさせないようにと約束をしていたのですが、あまりに乱暴な誘拐で……。もしお怪我があれば、救急箱をお持ちしますが……」

そう話すアムルはいつもと違わない優しい少年のままだった。

「アムル、どういうことだ？　君は……」

「ごめんなさい、慧様、ウォーレン様。シャディール殿下の大切な慧様を人質に取れば、絶対、殿下は宝物庫の鍵《かぎ》を渡してくれるからって……。本当に誘拐してごめんなさい」

どうやらアムルは偶然を装《よそお》ってゴールド・スークに姿を現し、アイスクリームショップ

に誘ったようだ。どうりでタイミングが良過ぎるはずだ。それに、

「宝物庫の鍵《かし》？」

慧は首を傾げた。

「シャディール殿下の宮殿のハレムの更に奥に宝物庫がございます。そこの鍵を手に入れたら、あの方たちが『黄金の砂』をくださると約束して下さったのです」

「あの方たちというのは、第三王子、バディラ殿下の配下の者たちのことだな」

ウォーレンがアムルに確認する。アムルは素直にそれに頷《うなず》いた。

どうやら慧だけ蚊帳《かや》の外で、敵は想定済みのようだった。ということは、シャディールもカデフも敵を知った上で行動しているということだ。闇雲《やみくも》に動いている訳ではないことを知り、少しだけ安堵《あんど》する。続けて慧はもう一つ気になる単語を口にした。

「黄金の砂というのは？」

慧はアムルに尋ねながらも、ウォーレンの方に振り向いた。彼も知らないらしく首を横に振る。すると、アムルはぽつりぽつりと説明を始めた。

「黄金の砂とは、代々、デルアン王国に伝わる奇跡の砂で、死んだ人間に振り掛けると生き返ると言われているものです。あの方たちが言うには、それがシャディール殿下の宝物庫に隠されているそうです。私は死んだ両親を生き返らせたい。もっともっと母や父と話がしたいし、親孝行もしたい。料理もできるようになったから病弱だった母にご飯も作っ

てあげられるし、父の世話もしてあげられる。鍵を奪うのは悪いことだとわかっていますが、どうしても黄金の砂が欲しいんです。お父さんとお母さんに会いたいっ！」

「アムル……」

彼の瞳にみるみるうちに涙が溜《た》まった。涙を流すまいと堪《こら》えて歯を喰《く》い縛《しば》るアムルに、慧のほうが泣きたくなった。

そんな死者を生き返らせる奇跡の砂など、この世にある訳がない。男たちはまだ少年のアムルを騙《だま》して、この悪事に加担させたに違いない。

慧は堪《たま》らずアムルをきつく抱き締めた。同時にウォーレンが説明を足してくれた。

「シャディールの宝物庫には『星継の剣』がある。昔から王となる者にその剣を贈るのが、この国の習わしだ。第三王子は剣を狙っている。だから宝物庫の鍵を欲しがるんだ」

「奪ったら意味がないのでは？　シャディールには剣を贈る意志はないのだから」

「それが、奪ったら奪ったで認められるんだ。ここでは奪い合うのも力を示す有効な手段と捉《とら》えられている。力がある者が王になるんだ。狡猾《こうかつ》であっても、すべてを黙らせ、国を護《まも》る力がある人間なら、その人物が国王になる」

「そんな横暴なことがまかり通るのか……」

「でもシャディール殿下は王になる気はないと仰《おっしゃ》っていました。なら、どうか――」

アムルが慧の腕の中で祈るように乞《こ》う。だがウォーレンはその願いを否定した。

「シャディールは確かに王位に興味はない。だがそれは他の誰でもいいと言っているのではないんだ。きちんと国の未来を考える優秀な人物に国王になって欲しいと願っている。だから『星継の剣』は簡単に渡せるものではない」

「っ……」

アムルが息を呑《の》むのが慧にも伝わってきた。ウォーレンにどう言われても、きっとアムルは両親を生き返らせることを諦《あきら》め切《き》れないだろう。

敵はなんて酷《ひど》い嘘を、こんな少年に吐《つ》くんだ――。

彼が受けるショックを思うと胸が締め付けられる。

「アムル、そいつらを説得したかぁ？」

慧がアムルを抱き締めていると、ドアから数人の男たちが現れた。アムルは反射的に顔を上げて涙を乱暴に拭《ふ》くと、慧を庇《かば》うように男たちとの間に立った。

「い、今から説得します」

「まだ説得してねぇのか？　お前がするって言うから任せたのに、まだしてねぇのなら、方法を変えるぞ。そこの、シャディール殿下の寵愛《ちょうあい》を受けている男を少し痛めつければ、殿下も簡単に鍵を渡すってもんだ、よっ！」

男の一人が近くにあった椅子《いす》を思い切り蹴《け》り上《あ》げた。椅子が大きく跳ね上がり、転がり落ちる音が部屋に響く。少年のアムルを脅すには充分な行為だった。だがアムルはその恐怖に耐えながら、逃げることなく慧を庇うように前に立ち続ける。

「慧様たちを傷つけないって、約束です！」

「うるせぇっ！」

「あっ！」

アムルが男の一人に殴られ、壁に吹っ飛んだ。

「アムル！」

慧は慌ててアムルの許《もと》へ駆け寄り、抱き締めると、男たちの方へ振り返った。

「こんな子供相手に何てことをするんだ！」

「いちいちうるせぇんだよ。お前も痛い目に遭《あ》いてぇか？　痣《あざ》でも作ってシャディール殿下に懇願すりゃあ、あの殿下も慌てて鍵を渡してくるかもしれねぇなぁ」

男がニヤニヤと笑いながら慧に近づいてくる。その時であった。

「慧様に近づくな！」

アムルが男に体当たりをした。男が床に倒れる。

「このガキがぁ！」

男がアムルを殴ろうと、手を振り上げた。慧はとうとう我慢できずに声を張り上げた。

「いい加減にしろ！」

男の動きが止まる。

「アムルはシャディールが大切にしている使用人だ。その使用人を怪我させたならば、シャディールは決して君たちを許さないだろう。宝物庫の鍵も手に入らないと思え！」

「はっ、お前の命と引き換えにすりゃぁ、あの殿下も鍵を渡すさ」

「やめて！　宝物庫の鍵が手に入ったら、私は砂だけでいい。剣以外の宝物はあなたたちが好きなだけ貰えるんだから、慧様を傷つけたりしないで！」

慧もウォーレンも、アムルの言葉に片眉《かたまゆ》を上げた。第三王子は王位継承権を示す剣さえ手に入れれば、後はシャディールの宝物庫の中身を全部この男たちに褒美として渡すという気前のいい契約をしているようだ。

王族の宝物は国の宝でもあるはずだ。それをこんな男どもに勝手に与えることを何とも思っていない第三王子に嫌悪しか覚えない。いや、もしかしたら王子は、この男たちを裏切って剣を手に入れたら殺すつもりなのかもしれない。どちらにしても身勝手な王子で国王の資質はなさそうだ。

「砂だけでいい？　ハッ、砂なんて最初からねぇよ。人を生き返らせる砂なんてあったら、気味が悪いだろうが！」

「え？」

アムルの動きが止まる。

「本当に、砂、砂って、まったくでたらめだってこともわかんねぇか、このガキが」

「え……でたらめ？」

「ああ、でたらめだ。残念だなぁ、ガキ。父さんも母さんも生き返ることはねぇぜ」

「そ……そんな……嘘なんて……あああぁぁぁ」

それまで気丈に男に立ち向かっていたアムルがとうとう泣き崩れた。慧はすぐにアムルに覆《おお》い被《かぶ》さり、彼を男から庇った。

「……いい加減にしろ」

腹の底から低い声が出る。慧は男と睨《にら》み合《あ》った。

「君たちだって第三王子にいいように扱われ、もしかして騙されているかもしれないというのに、子供相手によくもこんなたちの悪い嘘を吐くもんだな。いずれ君たちも同じ目に遭うだろう。この世には因果応報《いんがおうほう》という教えがあることを忘れるな」

「何を言ってやがる。いい気になりやがって、お前たちは人質だ。身のほどを知れっ！」

激高した男が慧を殴ろうと腕を振り上げた時だった。それまでまったく話さず、傍観を決めていたようなウォーレンが、いきなり口を開いた。

「慧、目を瞑《つぶ》って床に伏せろ」

その言葉を疑問に思う前に、ちょうどアムルの躰の上に覆い被さっていたので、そのまま床に躰を伏せた。

ピカッ！　ジュワァッッツ。

途端、真っ白で何も見えなくなるほどの光と、何かが弾《はじ》けて蒸発するような音が部屋にこだました。

「くそっ、閃光弾《せんこうだん》だ！」

男たちの声に、慧はこの光の正体を知った。どうやら上方にあった小窓から投げ入れられたらしい。鮮烈な光の塊に男たちが皆、目を潰《つぶ》されたようで、次々と床に崩れ落ちた。

すぐに大勢の人間の足音が聞こえてくる。猛烈な光で真っ白になった世界が、色を取り戻し、視界が僅《わず》かに利くようになったのと同時に、大勢の特殊部隊の兵士らが勢いよく部屋に突入してきたのが見えた。

「慧っ！」

その中でシャディールの声が響いた。正面に視線を向けると、マスクを取り、顔を晒《さら》す男が見えた。刹那《せつな》、一際《ひときわ》明るく金の髪が輝く。

「シャディール……」

「慧！」

彼が慧に向かって走ってくる。だが、床に倒れていた男がふらふらと起き上がった。

「シャディール、危ないっ！」

慧が言うよりも早く、彼の躰が動いていた。彼の長い足先が男の鳩尾《みぞおち》にめり込む。

「うっ……」

男は目的を果たせぬまま床に倒れる。他の男たちも呻《うめ》きながら起き上がろうとしていたが、すぐに特殊部隊の兵士らが拘束した。

「慧、無事か！　怪我はないか！」

シャディールに嵐《あらし》のように激しく抱き締められる。

「シャディール……んっ……」

顔を上げた途端、唇を塞《ふさ》がれた。一瞬、何をされているのか理解ができず固まっているのをいいことに、シャディールのキスは更に深くなり、慧は口内を隈《くま》なく貪《むさぼ》られる。

そうしている間に、急に外も騒がしくなった。ヘリコプターの飛ぶ音がどんどんと大きくなってきたかと思うと、耳を劈《つんざ》くような轟音《ごうおん》になる。更にかなりの台数の車が外で止まる音もした。途端、オルゲが飛び込んできた。

「殿下！　突入班とご一緒されるなど、言語道断です！」

「オルゲ、恋人との再会だ。邪魔をするな。それよりもアムルを手当してしてくれ。ショックで気を失っているようだ」

シャディールが命令すると、オルゲが呆《あき》れたような顔をしたが、慧の顔を見て一瞬嬉しそうな表情を零《こぼ》した。彼が慧を本当に心配していてくれたことが伝わってくる。オルゲはそのままアムルを手当てするよう周囲に指示をし、すぐに出て行った。

慧はシャディールが他に意識を向けた隙《すき》に、彼の腕から逃げたが、すぐに捕まえられ

る。

「慧、なぜ逃げる？」

「莫迦《ばか》、君がキスなんてするからだろう。人目を考えろ！　どれだけここに人目があるのかわかっているのか？」

ちらりと部屋を見れば、皆、慧とシャディールのやりとりを見ないふりをしてくれてはいるが、特殊部隊の隊員の数を考えても、二十人近くはいる。だがシャディールは慧の言葉に不服そうに顔を歪めた。

「フン、お前との愛をアピールするには、いささか人数不足かもしれんな」

「……本気で言っていたら、殴るぞ」

上目遣いで凄《すご》んで言ってみると、シャディールが降参とばかりに慧から両手を離した。

「慧、そういう目で睨むのはやめろ。色っぽ過ぎる。私の理性にも限界があるんだ。挑発するのはもうしばらく後、宮殿に戻ってからにしてくれないか」

「挑発なんてしていないし、私のほうがまるで我慢できないような言い方をするな」

「確かに我慢できないのは、私のほうだ」

シャディールに手を摑《つか》まれ、彼の股間《こかん》に導かれる。そこには慧が言葉を失うほど既に大きく膨らんだイチモツがあった。

「な……な、な……」

「後で鎮めてくれ、ハニー」

「き、君のほうが、余程特殊部隊に連行されるレベルだぞっ……」

「大きさが危険だということか？　まあ、大きさには以前から自信はあったが、改めてお前がそんなに褒めてくれるとは嬉しいな」

「褒めていない！」

強く否定するも、何を言ってもシャディールは嬉しいようで、慧の額《ひたい》にチュッと音を立ててキスをした。そこにようやくタイミングを見計らってウォーレンが声を掛けてきた。

「遅かったな、シャディール」

そう言いながら、ウォーレンは慧の目の前で口の中から小さな機械を吐き出した。

「それは？」

慧が尋ねると、ウォーレンはにっこりと笑った。

「通信機。敵さん、俺を甘く見ていたのか、スマホは取り上げたが俺の口の中までは調べなかったんだよ。ま、ちょっと調べたくらいではわからないようにしていたけどな。シャディール、そっちの声はよく聞こえたが、こっちの会話も聞こえたか？」

「ああ、よく聞こえた。突入のタイミングを計るのに役立った」

どうやらウォーレンが身に付けていたこの通信機でシャディール側と連絡を取り合っていたようだ。

「ウォーレンからの情報と、更に衛星を使って、この建物のどこに何人いるかも熱の動きで確認していたから、敵を一気に制圧できた」

慧の知らないところで、大きな軍事作戦が動いていたことを今更ながら知る。

「第三王子のほうは上手《うま》くいったのか？」

「当たり前だ。ずっと罠《わな》を張って待っていたんだからな。父上に引き渡してきた。逮捕された上に王位継承権剝奪《はくだつ》で、一件落着だ。だが、慧にこれだけのことをしたからには、もう少し罪を償ってもらおうかと思っているがな」

「怖いな」

「これを機会に、第三王子、バディラを完膚なきまでに叩きのめしておこうと思う。二度と表の世界に出てこられないようにな」

何やらシャディールから不穏な空気を感じるが、王族の刑罰については慧が口出しするところではないので、聞き流しておく。それよりもシャディールとウォーレンの仲の良さに少しだけ嫉妬《しっと》する自分に嫌気が差す。

「さあ、ここを撤収するぞ。後は軍に任せる」

ウォーレンと話していたシャディールが改めて慧に視線を合わせてきた。ドキッとした瞬間、手をぐいっと引っ張られる。

『心配するな、ウォーレンよりお前のほうが何万倍も大切だ』

一瞬、そう言われているような気がした。それはまるで慧がウォーレンに嫉妬していたことがばれていたような行動だった。

思わず頬に熱が集まり、慧は顔が赤くなっていることを自覚するしかなかった。

「殿下、お車の用意ができました。こちらへ」

オルゲの声に、慧はシャディールに手をきつく握られたまま、ウォーレンと共に、砦の外へと出た。

「あ……」

出た途端、海風が慧の髪を攫《さら》っていく。すぐ目の前には真っ暗な海が広がっていた。船が漁に出ているのか、その真っ暗な海の上にぽつりぽつりと明かりが灯《とも》っていて、それが日本でいう蛍《ほたる》みたいでとても綺麗《きれい》だ。

そして後ろを振り向けば、こちらはどこまでも続く砂漠が月明かりに照らされ、白く輝いていた。

ここはアメリカでも日本でも、イギリスでもない。本当にシャディールの国なんだ……。

そんなことを急に思ってしまった。こうやってシャディールと共にいることに現実味が帯びる。これは六年間の寂しさが見せた夢ではないのだ。今更ながらに改めて実感する。

愛する男の傍にいることを――。

「殿下、大臣から至急の連絡が入っております。今回の第三王子の件かと……」

シャディールに男が電話を渡す。シャディールは慧に先に車に乗るように言うと、そのまま電話に出た。きっとまだ力関係の調整中なのであろう。一人の王子が失脚すれば、きっとその周囲で甘い汁を吸っていた人間も被害を受ける。そしてシャディールはそういう派閥を国レベルで調整する立場の人間だ。慧がいる世界とはあまりにも違い過ぎる。

自分もイギリスの名門パブリックスクールを出て、アメリカのアイビー・リーグの大学も卒業して、それなりのキャリアを積んできている。だが、根本的なところでシャディールのバックボーンには敵《かな》わない。そして背負う責任の重さもまったく違う。

悔しいな……本当に。好きな男と対等にいられないなんて。愛している男の足を引っ張る存在にしかなれないなんて――悔しい。

慧はそっと目を閉じた。涙なんて流れないが、それでも何かが溢《あふ》れそうな気がして、目を閉じずにはいられなかった。

そして慧たちは無事に救出され、長い一日が終わりを告げた。

◆

Ⅵ

◆

ふと目を覚ます。そこは昨夜のように波の音も聞こえない、いつものハレムの一室だった。そのことに慧《けい》は何となくほっとした。

数日前だったら、ハレムにいると思うだけで、陰鬱《いんうつ》な朝を迎えるところだ。それが『安堵《あんど》』するような場所に変わっていたことに、つい苦笑する。

慧は疲れた躰《からだ》を引《ひ》き摺《ず》りながらベッドから降りた。

あれからシャディールは慧と引き離され、王宮へと拉致《らち》同然のように連れていかれた。第三王子逮捕というスキャンダルの対応に追われているのだ。絶対に今夜は慧と過ごすと言い張るシャディールを、オルゲや重臣らしき男たちが無理やり引っ張っていった。

お陰で慧は彼の特殊部隊しか鎮圧できないレベルのイチモツの責任を取らずに済んだ。

アムルにはあの後、すぐに処分が下った。情状酌量で罪を問わず、これからもシャディールの許《もと》できちんと勉学に励むことを約束させることで合意した。

男らが、両親を亡くした子供を卑《ひ》怯《きょう》な手で騙《だま》していたことは、ウォーレンの持っていた通信機で、シャディール側にも知れ渡っていた。それにアムルは最後まで慧たちが傷つかないように配慮し、そして守っていたことが判断材料となり、今回は特例のお咎《とが》めなしとなったのだ。これにはシャディールの擁護も大きかった。

学生時代、寛大さを身に付けた彼は、ここでも健在だったようだ。彼曰《いわ》く、慧の教育の賜物《たまもの》だというが、実際は彼が上に立つ者の資質を持っているからこそだと思う。

「そろそろ私もシャディールから卒業しなければな……」

昨日、ウォーレンに会社を辞める話を詳しくするつもりだったが、カデフが一緒にいたのと、事件に巻き込まれたため、話すことができなかった。

このままではシャディールに流されて、なし崩しにハレムに閉じ込められてしまうのは目に見えている。慧自身、これからもキャリアを積んで社会に貢献していきたいし、大勢の内の一人として愛されるのではなく、一対一で愛し合える誰かと結婚したい。それは死が分かつまで一緒に生きていける人がいい。そして二人で穏やかに暮らしていきたいと思っていた。

そう思っているのに、それをすべて捨ててしまいそうになる自分がいる。

きっと後悔するのに――。

慧は着替えを済ませ、朝食をとるため部屋から出ようとした。昨夜からアムルは念のため検査入院をしているので不在だ。代わりにオルゲを呼ぶように言われていたが、忙しい彼を呼ぶのも気が引けたので、自分で食堂に向かおうと思い、ドアを開けた。すると目の前に、まさに慧の部屋のドアを今開けようとしていたシャディールが立っていた。

「わっ……え？　シャディール、どうしたんだ？」

「今、王宮から急いで帰って来たんだ。お前とはどうしても確認し合わないとならないことがある」

「確認し合う？」

シャディールは慧の腕を摑《つか》むと、そのまま部屋へと押し入った。

「え？　ええ？　何？　私は今から朝食を食べに行くんだが」

「私を後で食べさせてやるから、まずは確認をさせろ」

「君なんか食べられるか。腹を壊す」

「もういいから黙って聞いてくれ」

よくないが、あまりに必死なシャディールも珍しいので、慧は口を噤《つぐ》んだ。

「ヴィザール校を卒業する日、お前が白紙のメモを見たというのは本当か？」

「ああ、通信機でウォーレンとの会話を聞いていただろう？　本当だ」

そう答えると、シャディールの顔が大きく歪《ゆが》んだ。今にも泣きそうな顔だった。

「シャディール？」

驚いて、彼の頰《ほお》に手を伸ばした。それをそっと彼が握ってくる。

「私はメモに、駆け落ちするつもりで、時間と場所を書いて、お前のポケットに忍ばせた」

「駆け落ち……？」

一瞬耳を疑った。

「当時、既にそれなりの蓄《たくわ》えもあったが、若さゆえの甘い考えで、お前と逃げるつもりだった。そのために卒業前の春期の休暇などを準備に当てていた。誰かに言ったら父や義兄弟の耳に入ると思って秘密裏《ひみつり》に進めていた」

思いも寄らない話だった。

「だが、近くにいたオルゲはそれに何となく気づいていたらしい。昨夜、私の愛用していた万年筆のインクを、あの時すり替えたと告白してくれた」

「インク？」

「一時間後に文字が消えてしまう特殊なインクだ」

「あ……」

その言葉ですぐに合点《がてん》がいった。シャディールが書いたという文字は、慧が見た時には消えていたのだ。

「オルゲも今となっては、かなり反省している。だが、当時は私を正しき道に導こうと必死だったらしい。銃口をお前に向けたことも含め、今も酷《ひど》く自分を責めている。許してやってくれ」

「オルゲについては許すも何もない。寧《むし》ろ彼だから、君の身の周りの世話を任せても安心だと思える。だからあまりそのことについては気に病《や》まないで欲しいと伝えて欲しい」

インクのことがなくても、慧はきっとシャディールに会いに行かなかった。いや、もし会いに行って、そのまま二人で駆け落ちしたら――――、その後、考えが甘かった二人は簡単に捕まってシャディールを不利な立場にしたり、最悪の場合、抹殺されていたりしたかもしれない。

そう考えると、オルゲのしたことに逆に感謝しなければならないと思った。

「そういうことで、結局私はインクのからくりに気づかず、お前が最後、ウォーレンの車に乗って、待ち合わせ場所に顔を出したのを見て、振られたのだと思い込んでしまった。お前は私の青さを笑い、待ちぼうけをしている私の姿を見に来て、そして去って行ったのだと思っていた」

あの時の光景が慧の脳裏《のうり》に浮かぶ。シャディールの真っ青な目が大きく見開かれていたのが今でも忘れられない。

「……それで私を諦《あきら》めて、その後学校も辞めて、更にアメリカにも一度も顔を出さなかったのか……」

やっと彼の行動に納得する。だが諦めたわりには、人の恋路の邪魔をしたりしたな……

と不思議に思った時だった。その疑問が次の言葉で解決した。

「え？　なぜ私がお前を諦めなければならないんだ？　あの時、私はまだ青過ぎた。お前に見放されるのも当然だ。お前が安心できる男にならなければならないと反省し、お前を手に入れるために色々と画策した」

「は？」

彼の頭には『慧を諦める』という考えはなかったようだ。

「君はどこまでポジティブなんだ……」

呆《あき》れてしまうが、慧の心がどことなく浮き立つのは否定できない。

「私はまずお前を守ることにした。実は既にあの頃から第三王子からのお前に対する嫌がらせが始まっていた。当初はまだはっきりした犯人がわからなかったが、どうにか未然に防いで、お前に気づかせることはなかったが、それが、クリスマス頃には顕著になっていた」

クリスマス頃とは、副寮長のマナーハウスに行ったりしていた時だ。何か嫌がらせをされた覚えはない。慧が危険を感じたのは、二月頃にオルゲに銃口を向けられたことくらいだ。

あれは未《いま》だにひやりとする記憶である。だが、あの時、オルゲがあそこまで追い詰められていたということに気づいてやれなかった。きっとシャディールがかなりの嫌がらせをされていて、その対応に大変だったのだろう。もしかしたらシャディールの命にかかわるようなこともあったのかもしれない。

オルゲにとって主人を守るために慧が邪魔だったのだ。自分が殺人で死罪になってもいいと口にしたくらい、彼はシャディールを思っていた。

周囲で何が起きていたのか、まったく知らなかった慧は、あの頃、自分のことばかり考えていた気がする。オルゲからは、何とも呑気《のんき》な上級生に見えたことだろう。

「私は敢《あ》えて、慧を守るために、お前とは何も関係ないと周囲に思い込ませることにした。ヴィザール校を退学してスイスに戻り、イギリスは退屈だったとばかりに、適当に遊んで彼らの目を誤魔化《ごまか》した。アメリカにいるお前の護衛は秘密裏にしておいたが、私自身は見張られていたから、アメリカには一度も行かず、大学は再びイギリスに戻って入った。お前のことは既に過去のことだと、まったく興味のないふりをして過ごした。だが反面、その間にくだらない権力主義者たちの力を少しずつ削《そ》ぎ落《お》としてやった。そうやってこの六年間、私に歯向かう人間を排除し、そしてやっとお前を迎え入れる準備ができた」

「私を迎え入れる……？」

「結婚しよう、慧。もう私は六年も待った。いや、お前の居場所を作るのに六年もかかってしまった。待たせたな」

プロポーズの言葉と共に、手の甲にキスをされる。

「いや、待ってないから！　大体、どうしてそんなに自信満々にプロポーズしてくるんだ？　私は君が理解できないぞ」

理解できない。こんなに嫌だと思うのに、こんなに愛してしまう男なんて、慧には理解できなかった。だがどうしてか、熱いものが胸に込み上げ涙が溢《あふ》れそうになった。

涙が流れないように歯を食いしばると、シャディールが慧の頭ごと胸に抱えた。

「お前は私が好きだろう？」

「どうしてそんなことを言うんだ」

「お前のことは全部わかるからだ」

自分でもこの思いを持て余しているのに、シャディールにそんなことを言われ、今まで溜《た》めていたものが一気に溢れ返った。

「シャディール、君は私のことをわかると言いながら、全然わかっていない！」

とうとう涙が一筋零《こぼ》れてしまった。すると彼がびっくりした顔をして、慌てて指で慧の涙を拭《ぬぐ》ってくれた。

「話してくれ、慧。私は何をわかっていないと言うんだ？」

私は君のことなんて、全然好きじゃないってわかっていない。そう言いたいのに、慧の口は本音を吐き出した。

「……っ、私がどんなに苦しんでいるか、わかっていない」

「慧……」

「私が君を好きであることを選ぶなら、王子である君の足を引っ張り、今回のように守られるだけの存在になって君と対等でいられなくなる。それに自分も今までのキャリアを全部捨てなければならないんだ。そんなリスクを背負ってまで君を選んでいいのか、わからない。どんなに考えても答えが出ない」

　自分の複雑な思いをシャディールにぶつけた。

「苦しい――。苦しい、シャディール」

「慧……」

「こんなに苦しい恋なんて……知らないのにっ……」

　いきなり、背中がしなるほどきつく抱き締められる。

「一緒だ。私も苦しくて仕方ない。一緒だ、慧」

　彼の甘く低い声が鼓膜に響く。それは慧の脳を痺《しび》れさせた。

「それだけじゃない……」

　慧はシャディールの背中に手を回し、彼を抱き返した。

「……もし私が君以外の人間とも付き合っているとしたらどうする？」

「付き合いの深さにもよるが、もしステディな関係を築いているというのなら、相手を秘《ひそ》かに始末するに決まっているだろう？」

物騒なことを口にするが、今だけは慧はそれを咎めることができなかった。

「シャディール、私も君と同じように考えるとは思わないのか？」

「どういうことだ？」

「君は私と結婚すると言うが、他にも何人かと結婚することになるんだろう？　この国は一夫多妻制だからな。君が他に女性を娶《めと》ると思うだけで、本当は胸が苦しくなる。平気なふりをして、まったく平気じゃないんだ。きっと私は嫉妬《しっと》して、どんどん嫌な男になる。そしてそんな自分がみじめになるんだ……」

「慧……」

「君を独《ひと》り占《じ》めにしたいと思うくらいには、君のことが好きなんだ。だがそれは君の身分を考えれば無理なこともわかっている。だから、これ以上苦しくなる前に君と別れたい。君の茶番劇に付き合うほど、私の心には余裕がないんだ」

とうとう言ってしまった。とんでもなく面倒臭く、重い男だと思われるかもしれない。今まで培《つちか》ってきたエリートとしての自分が、足元から崩れ去るような気さえした。だが今、勇気を出して告白しなければ、彼と別れることはできない。彼に自分の気持ちを正直に伝えれば、きっと哀れに思って手放してくれるだろう。

慧は涙で霞《かす》んだ視界で、シャディールの顔を見上げた。すると彼の両手が慧の両頰《りょうほお》に添えられ、そのまま唇を合わせてきた。啄《ついば》むような優しいキスを落とされ、正面から見つめれる。

「私は最初から妃《きさき》はお前一人だと決めている」

「シャ、ディール……？」

「このハレムに入るのはお前だけだ。他の誰も入れるつもりはない。それにお前の今までのキャリアを潰《つぶ》す気もない。確かに私も学生の頃、一時的にだが、お前を閉じ込め、独り占めにしたいと青臭いことを考えていた。だが、今は違う。お前が幸せであることが、私の幸せに繋《つな》がっていることに気づけた。寧ろお前の今までの経験や人脈を生かして、この国のために力を貸して欲しい。私と共に生きて欲しいと強く願っている」

信じられない思いでシャディールを見つめていると、彼が困ったように表情を歪めた。

「お前は総長、キングでもあり、エドワード寮のフィリッパだ。今でも政財界で顔が利くだろう？　お前には力があるんだ。私のせいで自分を卑下しないでくれ」

確かに今もOBなどからよく声を掛けられるし、困ったことがあれば手を貸すとも言われている。代々フィリッパは卒業後もエドワード寮出身者から大切にされる存在だ。

「だから慧、すべてを納得して、私のところへそろそろ落ちてきてくれないか。もう六年越しなんだ。我慢の限界だ。これ以上焦《じ》らされたら、私は恋という病気で死ぬぞ」

「……大袈裟《おおげさ》な」

「本当だ。私の心臓は君のせいで何度も張り裂けている」

眉間《みけん》に皺《しわ》を寄せるシャディールを、慧は堪《たま》らず抱き締めた。

「シャディール、君は莫迦《ばか》だ。こんな面倒臭い私などに手を出さなくとも、幾らでも美姫《びき》を娶れるというのに……君は本当に大莫迦だ」

「お前のほうが莫迦だ。自分の価値も知らずに、私に囚《とら》われようとしている。だが私は卑怯な男だからな。それにつけいるぞ」

再度シャディールが慧の唇を塞《ふさ》いだ。今度は深く、そして官能的なキスだった。

「シャディール……」

「お前が私のことを好きだというのなら、遠慮はしない。このベッドから当分出すつもりはないから覚悟しろ」

シャディールが慧を抱き抱えたかと思うと、そのままベッドへと運んだ。

＊＊＊

すっかり服を脱がされた慧の下肢を弄《いじ》るシャディールの指が、いたずらに慧の敏感な場所へと触れてくる。

「シーツまで染みが広がっているぞ。そんなに触られるのが気持ちがいいか?」

「な……そんなことをいちいち言わないでくれないか、シャディール」

いやらしい言葉に、頬を赤くしながらも彼を睨《にら》み上《あ》げると、彼の蒼《あお》い瞳《ひとみ》が獰猛《どうもう》さを増した。荒々しく民族衣装のトーブを脱ぎ捨て、美しい張りのある筋肉を惜しげもなく晒《さら》す。

「リエーフと呼んでくれないか。もう六年以上もお前に呼ばれていない」

あまりにも辛《つら》そうに告げるので、慧は仕方なく彼の愛称を呼んでやった。

「リエーフ……」

「お前の声で呼ばれると、心臓が締め付けられるような気分になる」

尾てい骨まで響くような甘い声で囁《ささや》かれ、慧の下半身がふるふると震えてしまう。

「くっ……、ただでさえ忌々《いまいま》しいほど色男なのに、そんなに色香を振《ふ》り撒《ま》くな」

「慧、お前のほうが色男だ。私をこんなにも狂わせるのだからな」

シャディールが艶《つや》を帯びた声で囁き、ゆっくりと覆《おお》い被《かぶ》さってきた。いつもこの瞬間、慧の心臓は、胸から飛び出しそうになるほど大きく鼓動する。今から彼を独り占めできるかと思うだけで何もかもが愛《いと》おしくなり、過剰に反応してしまうのだ。

シャディールが慧の肩に唇を寄せる。慧の肌をひとしきり唇で堪能《たんのう》し、息を吐いた。

「極上のベルベットのようだな。滑らかで、いつまでもずっと触っていたい」

そしてきつくそこを吸われ、慧の躰がぶるりと震えた。その震えが神経を伝って次第に躰の隅々にまで広がっていき、躰の奥から淫《みだ》らな愉悦が湧き起こった。

「ふっ……んっ……」

彼の手が慧の足の付け根へと滑り落ちていく。陰毛を指先に絡めて軽く引っ張られ、小さな刺激を与えられた。それだけで慧の劣情は微《かす》かな悲鳴を上げた。

「あぁっ……や……め……」

「胸も触ってやらないとな。こんなにツンと勃《た》ち上《あ》がって、まるで強請《ねだ》られているようだ」

慧のこりこりとした硬さを主張し出した乳頭を、その硬さを愉《たの》しむかのようにシャディールが指の腹で何度も擦り始めた。乳首を刺激されるたびに、男であるのに感じてしまい、下半身の先端から何かが溢れそうになる。

いつもならそんなことはないのに、今日は一段と感じてしまった。気持ちの問題だろうか。シャディールを愛してもいいと自分を許したせいだろうか――。

「慧、乳首を吸っていいかい？」

「っ……」

恥ずかしくて『いい』とは言えない。黙っていると、シャディールがもう一度尋ねた。

「慧、乳首を吸っていいって言ってくれ」

「どうして、そんなことを……っ……」

「慧の口から聞きたいんだ」

耳に舌を入れられて囁かれる。脳幹まで痺れそうな甘い声に、肌がぞくっと粟立《あわだ》つ。

「あ……もうっ……乳首……吸っていい……からっ……あああっ」

慧が言い終わる前に、シャディールの唇が慧の乳首を捕らえる。そしてきつく吸われた。

「あっ……だ、め……声が出るっ……ああっ……」

「そんな甘い声を出して、私を誘うな、慧。我慢できなくなる」

シャディールは一旦《いったん》乳首から唇を離すと、慧の耳朶《じだ》に軽く歯を立てた。それと同時に慧の下半身を勢いよく擦り上げる。すぐに慧の屹立《きつりつ》が腹につくほど反った。

「あぁぁ……シャ……リエーフ……だ、め……そんなに……激し……あぁぁぁ……」

「ハッ、お前にその名前を呼ばれると、かなりクるな」

シャディールがそのままちゅうっと音が出るほどきつく慧の乳首に吸い付いた。慧の躰が更に熱を帯び、一段と深い快楽が込み上げてくる。

「はあっ……んっ……ふ……」

「お前にプレゼントがある。とても素敵なものだ。お前の肌にきっと似合うぞ」

「あ……な、何だ……あっ……」

何かがするりと慧の下半身に嵌《は》められた。よくわからず自分の劣情に目を遣《や》ると、サファイアが幾つもあしらわれたリングが嵌められていた。所謂《いわゆる》コックリングだった。

「やはりな、私の見立てに間違いはなかったようだ。サイズもぴったりだ。君の真珠のように淡く輝いた肌には、私の瞳の色と同じ濃い蒼のサファイアが映える。素敵だ」

「な……何を付けるんだ！　外せ……あっ……」

先端をシャディールが指でピンと弾《はじ》く。

「私が一回達《い》くたびに外して達かせてやる。そんなに締め付けも強くないものにしたしな。慧は達き過ぎて、すぐに体力を失うから、鍛えたほうがいい」

そう言って、慧の劣情の先端にキスをした。

「あっ……、な、何が鍛えたほうがいいだ。そんなもの鍛えるものじゃないだろう。くっ……私を油断させて罠《わな》に嵌めたな」

「ああ、嵌めた。だが罠じゃない。ここにリングを嵌めただけだ」

ここと言いながら、既に先走りで濡《ぬ》れていた慧の下半身をまた扱《しご》き始《はじ》める。

「あああっ……」

シャディールは空いているほうの手で慧の乳首も弄り出した。果実のように赤く熟した色に染まる乳首を、美味《おい》しそうに彼が口に含み、そして柔らかく歯を立てる。

「っ……あっ……んっ……」

乳頭を歯で咥《くわ》えて、軽く引っ張られた。びりびりとした強い刺激に、慧の肉欲が蜜《みつ》でしとどに濡れるのが自分でもわかる。

「あっ……」

腰をつい揺らしてしまうと、彼は慧の乳首を離し、躰を起き上がらせた。慧のすっかり勃ち上がった下半身を彼がじっくりと眺めてくる。まるで視姦《しかん》されているような気分になり、慧が両手で前を隠そうとすると、それを止められる。

「隠すな、私の目にお前の猫のようにしなやかで美しい姿を焼き付けたい」

「この……変態っ……」

「お前のこの姿を独り占めできるなら、変態で構わないさ」

「莫迦ぁ……あぁ……」

シャディールの指が慧の震える下半身の周囲をするりと撫《な》でる。具体的な愛撫《あいぶ》を与えられず、ふるふると下半身を震わせていると、慧の後ろへと彼の指先が動いた。

「んっ……」

双丘の狭間《はざま》に窄《すぼ》まった蕾《つぼみ》に、シャディールは躊躇《ちゅうちょ》なく指を忍ばせる。

「ふ……んっ……」

彼の指が蕾の際に沿ってツッと撫でた瞬間、慧を恐ろしいほどの快楽が襲ってきた。

「嬉《うれ》しいな、君のここが私を受け入れようと、蠢《うごめ》いているぞ」

恥ずかしいことを言われ、羞恥《しゅうち》に鼓動が速くなる。どくどくと熱い血潮を躰中に送り、慧の理性までも押し流していった。

「シャディール……っ……」

思わず懇願の音色を伴った声で彼の名前を呼べば、それに応《こた》えるかのように熱く滾《たぎ》った彼の熱情が慧の淑《しと》やかな蕾へと強引に押し入ってくる。

「あっ……シャ……ディッ……ル……はぁ……あぁぁぁ……」

慧の下半身も大きく膨れ上がる。だがリングを嵌められているせいで、まるで心臓を鷲《わし》掴《づか》みにされているような、そんな恐怖が快感に入り混じって慧を侵食してきた。底がないようにも思われる蜜路の奥の奥まで入り込んでくる灼熱《しゃくねつ》の楔《くさび》に、軽い眩暈《めまい》のようなものを覚える。隙間《すきま》なくぴっちりとシャディールの熱に埋められ、幸福感を味わった。

満たされていく。

どこか欠けていた慧の心がシャディールの愛情によって埋められていくようだ。

慧は愛しさが込み上げてどうしようもない男の顔を見上げた。男は本当に幸せそうな表情を浮かべている。その顔に手を伸ばせば、途中でシャディールに掴み上げられ、その手のひらにキスをされた。

「愛している、慧。何度言っても言い足りない。お前に会った時から、私の心はお前に奪われ続けている。お前がここから去るのなら、私の心はもう空っぽだ。何もできない。息さえもできない。だから私から離れるな、慧――」

「シャディール……」

こんな寂しがり屋の男を置いて、どこへ行けるというのか。もうどんなに苦労することになっても覚悟をするしかない。この男を守り、そして支えていくことが、慧の幸せに繫がっているのだから。

口づけをされている手のひらから、彼の燃えるような体温が伝わってきて、慧の躰もその熱で蕩《とろ》けてしまいそうだ。

「私も君を愛している、リエーフ」

「っ……慧っ……」

抽挿に勢いが増す。淫猥《いんわい》な痺れを全身に感じ、凄絶《せいぜつ》な快感で頭が朦朧《もうろう》としてくる中で、自分を組み敷くシャディールの顔を何度も見上げた。

黄金のたてがみを持った獅子《しし》。それに相応《ふさわ》しい気品を、こんな時でさえ彼は纏《まと》っていた。

愛しさが募り、慧の胸を締め付ける。

恋は苦しい。しかしその苦しささえも愛しいと思えるのが恋なのだ。

愛しさにどうしようもなく慧は腕を広げ、彼を求めた。シャディールも同じ思いだったのか強く抱き締め返してくれる。彼の腕がもたらす安らぎに、慧は安心して快楽に溺《おぼ》れた。シャディールはそのまま己《おのれ》の欲望を慧の蜜壁に擦りつけ、何度も抽挿を繰り返した。

彼の猛々《たけだけ》しい楔が慧の理性と快楽を容赦なく掻《か》き混《ま》ぜる。

「あっ……あああっ……奥が……じんじんする……ああ……」

シャディールの腰の動きが一層激しくなった。慧の躰の芯《しん》から、沸騰したかのように快感が泡となって吹き出す。

「はあっ……ん……あぁぁっ……」

次々と湧き上がる熱に理性も攫《さら》われていく。刹那《せつな》、慧の目の前が真っ白になった。果てしない白い闇《やみ》に耐え切れず、自分の中にあるシャディールをきつく締め付けながら、達ってしまう。だが下半身にはリングを嵌められているので、正確には空達きだ。

「綺麗《きれい》……だ……慧……はっ……」

彼の艶《なま》めいた声が頭上から零れる。すぐに躰の最奥に生温かい飛沫《ひまつ》が弾けるのを感じた。シャディールも慧の中で達ったのだ。

「愛している……慧、愛している……」

真摯《しんし》な瞳を向けられ何度も愛を告げられる。そしてそのまま慧を締め付けていたサファイアのリングを外された。刹那、堰《せ》き止《と》められていた熱が一気に溢れ返った。

「あ……シャ……急に……やあぁぁあぁぁ……っ……」

それは自分の腹だけでなく、引き締まったシャディールの腹や胸、頬にまで飛び散った。彼はそれをさりげなく手の甲で拭い、舌で舐《な》め取《と》った。

「甘いな」

そう言いながらも、彼自身はまだ慧の中で吐精し続けている。

「もう……駄目……それ以上、中で出すな……あぁ……」

文句を言うも、嵌められたまま動かれると官能的な痺れがぶわっと湧き起こり、慧の理性が飛びそうになる。

「無理だ。私の精子はお前だけにしか与えないと決めている。すべて受け止めろ」

シャディールは慧の腹に精液を塗りこめるようにして撫でると、吐精し終わったのか、腰の動きを一段と激しくした。呼吸困難でぐったりとしていた慧の腰をシャディールが強引に引き寄せる。それによって、更に奥へと男の劣情が捻《ね》じ込《こ》まれた。

「あっ……もうっ……だめ……おかしく……なるっ……ふぁ……あぁぁぁっ……」

どこまでも奥へと入り込んでくる熱から逃げたくとも逃げられない。逃げても男に腰を押さえられ、躰の奥まで貪《むさぼ》られる。

激しく揺さ振られ、慧も引きずられるようにしてまた己を破裂させた。

「ああっ……はあっ……」

息も絶え絶えになる頃、再び躰の奥で強い圧迫感を覚えながら、慧は意識を無くしたのだった。

＊＊＊

ぼそぼそと話し声が聞こえる。慧は広いベッドの上で目が覚めた。天井を見上げれば、天蓋《てんがい》が垂れ、ここがハレムにある自分の部屋であることを確認する。

「……だ。早急に手配しろ」

シャディールの声だ。どうやら先程から聞こえていたのは彼の声で、ホテルのスイートルームよりも広い部屋の隅で、話をしているようだった。

「シャ……っ」

シャディールを呼ぼうと思っても、声が掠《かす》れて呼べない。朝から朝食も食べずに抱かれ続けていたのだから仕方ないと言えば仕方ない。

今、何時だろう……。

時計を探して首を動かした時だった。

「慧の気が変わらないうちに既成事実を作る」

え……？

何か物騒なことが耳に入ってきた。慧は部屋の隅でこちらに背を向けて電話をしているシャディールの話に集中した。

「今から結婚式を最短で行うとして……ああ、本当は結婚式などしなくていいのだが、しないと王族としてまずいからな。ああ、そうだ……それでいい……」

勘違いかもしれないが、結婚式の打ち合わせをしているような気がするのは慧だけか。

電話をしているシャディールに、慧は慌てて吐息だけの掠れる声で止めた。

「シャディール！　私はまだ結婚の承諾はしていな……」

文句を言おうとして慧の躰が固まった。右手の薬指が異様に重いのだ。恐る恐る右手を見ると、ゴルフボールくらいの大きさの国宝級かと思われるダイヤモンドの指輪が薬指に嵌《はま》っていた。

「っ⁉」

これも声が掠れているので叫び声がしっかり出ない。するとシャディールがあたふたしている慧の方を振り返った。

「ああ、慧が目を覚ましたようだ。切るぞ」

電話を切り、シャディールが素肌にローブを羽織っただけの状態で、こちらへと歩いてきた。逞《たくま》しい胸板など、あれに抱かれたかと思い出してしまうので慧にとっては目の毒でしかない。どぎまぎしていると、あっと言う間にシャディールがベッドまでやって来てしまった。ぎしりとベッドのマットを軋《きし》ませ、慧のすぐ傍に座る。

「ハニー、おはよう、いや、もうこんばんは、か。喉《のど》が掠れているな。ハニーティーを用意させよう」

ベッドの脇《わき》に置いてあった呼び鈴をチリンと鳴らすとドアの外で待っていたのか、オルゲが現れた。

「慧に、ハニーティーと何か軽い食事を」

「かしこまりました」

オルゲは頭を下げるが、ほんの瞬間、慧と目を合わせ、そして『殿下を宜《よろ》しくお願いします』と口を動かしたのが読み取れた。

ちょっと待ってくれないか！

そう言いたいのに喉が痛くて声が出ない。次々と逃げ道を塞がれていく気がしてならなかった。指輪や結婚式、臣下たちの反応。言いたいことは山ほどあるのに、仕掛けられるそのスピードに、さすがの慧も対処しきれない。

「喉が痛いのか？」

しかも目の前の男は、そんな罠を仕掛けていたことをまったく感じさせずに、心配そうに眉根《まゆね》を顰《ひそ》めたりしている。

「こ、この指輪は何だ！」

「婚約指輪だ。我が王家に伝わる『オアシスの涙』と呼ばれるダイヤモンドを使って特注で作らせたが、気に入らなかったか？　サイズはきちんと合っているはずだが……。それともネックレスにしたほうが付けやすかっただろうか。今ならまだ作り直してもお披露目《ひろめ》式《しき》には間に合うぞ」

その答えに魂が抜けそうになる。問いただしたいことを口にしたら、更に倍になって突っ込みたいことが増えたからだ。だが、もう問題が多過ぎて細かいことは無視するしかない。慧は一番問題である発言を訂正することに徹した。

「それとシャディール、今、結婚式って言っていたな。私は結婚してもいいとは一度も言っていないぞ」

嗄《しわが》れ声で必死に言い募る。

「共に生きるのだから、お前にきちんとした地位を与えるのが私の甲斐性《かいしょう》だ。それにお前のご両親も快諾して下さったしな」

「は？　両親……？」

何かとてつもない爆弾を落とされた気がする。

「シャディール、君はいつ私の両親と話したんだ！」

「炊飯器など、お前の好みを聞くために日本へ行った時に挨拶《あいさつ》をした。兄上の今後の外交官としての任務にもできるだけ力添えさせてもらうと約束もしてきたよ」

日本へ行って来た？　兄への力添え？

どこから突っ込んでいいのか、もはや見当もつかない。要するに家族も籠絡《ろうらく》されたということだ。

「ご両親共、お前が社会人になっても、なかなか恋人を紹介しないから、やきもきされていたらしい。相手が男だったから紹介できなかったのかと納得されていたよ。お前が愛した人ならば、男であっても反対しないから安心しなさいという伝言も承《うけたまわ》った」

両親に誤解させる言動をこの男が何かしたのだろう。簡単に想像がついた。

言葉を失っていると、彼がふわりと抱き締めてきた。

「お前の不安の芽を、思い浮かぶだけ摘んだだけだが？」

そんなことを慧にお伺いを立てるように言ってくるシャディールに、可愛《かわい》いな、と感じる自分も終わっていると思う。慧こそ完全に彼に籠絡された人間の一人だ。

「シャディール……パブリックスクール時代にも言ったが、君は本当に人誑《ひとたら》しだ。とうとう私まで誑し込まれてしまった」

「それは思ってもいない僥倖《ぎょうこう》だ」

シャディールは、くしゃりと泣きそうな、それでいてとても幸せそうな表情を零し、そっと慧の額にキスを落とした。

あとがき

こんにちは、またははじめまして。ゆりの菜櫻《なお》です。

今回は学生時代、恋愛や人生の本当の大変さも、しっかりわからなかった二人が、年月を経て心身ともに成長し、過去を反省しながらも、決して手放せなかった愛を不器用に貫いていく。そんな過程を含めて愛《いと》しいと思う世界を書いてみました。

ええ、もちろん趣味もふんだんに取り入れています。パブリックスクール書きたいな、でもアラブ物だからあまり書けないかな……って思っていたら、まさかの編集部様からのパブリックスクール、一杯書いてもいいよとのご連絡が。やった！　と喜びながら調子に乗って書いてしまいました（笑）。

ちょっと書きすぎてページ数がオーバーし、エピソードなど削った箇所も多いですが、それは初版限定特典SSペーパーと公式サイト様でのSS公開、更に三種類の書店様特典SS、電子書籍特典SSと、合計六本の特典をご用意しておりますので、そちらでお披露《ひろ》目《め》できたらと思っています。

ああ、でもまだまだパブリックスクール編が書き足りません（笑）。慧《けい》とシャディールが総長、キングの座を狙って、いろいろと画策し、他寮の寮長を圧倒する頭脳戦略みたいな話と、慧が少しずつシャディールを好きになっていく過程を絡めて、悪知恵を披露する二人がいつか書きたいです。結局私、ちょい腹黒が好きなので（笑）。

あと最後のほうに出てきたゴルフボール大のダイヤモンドの婚約指輪の件ですが、右手に嵌《は》めております。日本では左手が主流ですが、欧米では右手が主流ということなので、右手にしてしまいました。違和感を覚えた方がいましたら、そういうことです（苦笑）。

今回、素敵なイラストを描いてくださったのは、兼守美行《かねもりみゆき》先生です。慧、美人さんですし、シャディールがまったくもってかっこいい。初めてキャララフをいただいた時、そのかっこよさにクラクラしました。ありがとうございます。このかっこいい男が慧を溺愛し、振り回されるのかと思うと、顔がニヤつきます。

そして担当様、私がパブリックスクールをたくさん書きそうなことを予測されていて、三割から四割ですよ、と念押しされたのは、さすがだと思いました（笑）。お陰でどうにか一冊に纏《まと》まりました。いつもご指導ご鞭撻《べんたつ》ありがとうございます。

最後になりましたが、ここまで読んでくださった皆様、ありがとうございました。この後、慧とシャディールは、共にデルアン王国に尽力することになります。きっと犬も喰わない喧嘩《けんか》をしながら（慧が一方的に怒っているに違いない・笑）幸せな新婚生活が待っていると思います。では、また皆様にお会いできることを楽しみにしております。

ゆりの菜櫻

『アラビアン・プロポーズ　～獅子王の花嫁～』、いかがでしたか？

ゆりの菜櫻《なお》先生、イラストの兼守《かねもり》美行《みゆき》先生への、みなさまのお便りをお待ちしております。

ゆりの菜櫻先生のファンレターのあて先

〒112-8001　東京都文京区音羽2-12-21　講談社　文芸第三出版部「ゆりの菜櫻先生」係

兼守美行先生のファンレターのあて先

〒112-8001　東京都文京区音羽2-12-21　講談社　文芸第三出版部「兼守美行先生」係

N.D.C.913　252p　15cm

ゆりの菜櫻（ゆりの・なお）

２月２日生まれ、Ｏ型。

相変わらず醬油味命派です。

おやつは、醬油味のゴマ入りせんべいが一番好きです。

日本の醬油がないと生きていけない。

Webサイト、ツイッターやっています。よろしければ「ゆりの菜櫻」で検索してみてください。

講談社X文庫

white heart

アラビアン・プロポーズ　～獅子王《ししおう》の花嫁《はなよめ》～

ゆりの菜櫻《なお》

●
2017年11月30日　第１刷発行
2020年７月10日　第２刷発行
定価はカバーに表示してあります。
発行者――渡瀬昌彦
発行所――株式会社 講談社
東京都文京区音羽2-12-21 〒112-8001
電話 編集 03-5395-3507
販売 03-5395-5817
業務 03-5395-3615
本文印刷－豊国印刷株式会社
製本―――株式会社国宝社
カバー印刷－半七写真印刷工業株式会社
本文データ制作－講談社デジタル製作
デザイン－山口　馨

ISBN978-4-06-286972-0

熱砂の離宮で
熱く抱かれて
砂漠の熱愛
“アラビアン”
シリーズ
第2弾！
アラビアン・ウエディング
Arabian wedding
~灼《しゃく》鷹《よう》王《おう》の花嫁~
ゆりの菜櫻
Nao Yurino
イラスト 兼守美行
Miyuki Kanemori
王女は、本当は男——その真実を隠し、デルアン王国に嫁ぐことになった晴希《はるき》。婚姻の相手は、魅惑の美貌《びぼう》を持つ王子アルディーン。実は親友同士の二人は、国交のため偽装結婚することになったのだ。しかし、豪華な結婚式の後に待っていたのは、熱く激しい初夜だった！ その後も毎晩、蕩《とろ》けるほど甘く淫《みだ》らに愛される新婚の日々。次第に彼への愛が募っていく晴希だが、自分は妃《きさき》にふさわしくないと身を引こうとして!?
好評発売中！
電子書籍版も配信中